30堂大师文学课

6位文学名家解读伟大经典

梁秋实等　著

北京联合出版公司
Beijing United Publishing Co.,Ltd.

图书在版编目（CIP）数据

30堂大师文学课：6位文学名家解读伟大经典 / 梁实秋等著 .-- 北京：北京联合出版公司，2023.4

ISBN 978－7－5596－6633－8

Ⅰ.①3… Ⅱ.①梁… Ⅲ.①世界文学－文学研究 Ⅳ.①I106

中国国家版本馆CIP数据核字（2023）第032028号

30堂大师文学课：6位文学名家解读伟大经典

作　　者：梁实秋 等
出 品 人：赵红仕
选题创意：北京青梅树下文化传媒有限公司
策划制作：西周的木鱼
责任编辑：夏应鹏
装帧设计：末末美书
内文排版：麦莫瑞

北京联合出版公司出版
（北京市西城区德外大街83号楼9层　100088）
北京联合天畅文化传播公司发行
北京美图印务有限公司印刷　新华书店经销
字数175千字　880毫米×1230毫米　1/32　10.5印张
2023年4月第1版　2023年4月第1次印刷
ISBN 978－7－5596－6633－8
定价：60.00元

目　录

沈从文

汪曾祺

傅雷

沈从文

鲁迅的战斗[①]

在批评上，把鲁迅称为“战士”，这样名称虽仿佛来源出自一二“自家人”，从年青人同情方面得到了附和，而又从敌对方面得到了近于揶揄的承认；然而这个人，有些地方是不愧把这称呼双手接受的。对统治者的不妥协态度，对绅士的泼辣态度，以及对社会的冷而无情的讥嘲态度，处处莫不显示这个人的大胆无畏精神。虽然这大胆无畏精神，若能详细加以解剖，那发动正似乎也仍然只是中国人的“任性”；而属于“名士”一流的任性，病的颓废的任性，可尊敬处并不比可嘲弄处为多。并且从另一方面去检察，也足证明那软弱不结实；因为那战斗是辱骂，是毫无危险的袭击，是很方便的法术。这里在战斗一个名词上，我们是只看得[②]鲁

① 初收《沫沫集》，上海：大东书局，一九三四年四月。（本书脚注均为编者所加，后文不再另行说明。）

② 意为看到。

迅比其他作家诚实率真一点的。另外是看得他的聪明，善于用笔作战，把自己位置[①]在有阴影处。不过他的战斗还告了我们一件事情，就是他那不大从小利害打算的可爱处。从老辣文章上，我们又可以寻得到这个人的天真心情。懂世故而不学世故，不否认自己世故，却事事同世故异途，是这个人比其他作家名流不同的地方。这脾气的形成，有两面，一是年龄，一是生长的地方；我以为第一个理由较可解释得正确。

鲁迅是战斗过来的，在那五年来的过去。眼前仿佛沉默了，也并不完全消沉。在将来，某一个日子，某一时，我们当相信还能见到这个战士，重新的披坚执锐（在行为上他总仍然不能不把自己发风动气的样子给人取笑），向一切挑衅，挥斧扬戈罢。这样事，是什么时候呢？是谁也不明白的。这里所需要的自然是他对于人生的新的决定一件事了。

可是，在过去，在这个人任性行为的过去，本人所得的意义是些什么呢？是成功的欢喜，还是败北的消沉呢？

用脚踹下了他的敌人到泥里去以后，这有了点年纪的人，是不是真如故事所说“掀髯喝喝大笑”？从各方面看，是这个因寂寞而说话的人，正如因寂寞而唱歌一样，到台上

① 意为安排、安放、安置。

去，把一阕一阕所要唱的歌唱过，听到拍手，同时也听到一点反对声音，但歌声一息，年青人皆离了座位，这个人，新的寂寞或原有的寂寞，仍然粘上心来了。为寂寞，或者在方便中说，为不平，为脾气的固有，要战斗，不惜牺牲一切，作恶詈指摘工作，从一些小罅小隙方便[①]处，施小而有效的针螯[②]，这人是可以说奏了凯而回营的。原有的趣味不投的一切敌人，是好像完全在自己一支笔下扫尽了，许多年青人皆成为俘虏感觉到战士的可钦佩了。这战士，在疲倦苏息中，用一双战胜敌人的眼与出奇制胜的心，睨视天的一方作一种忖度，忽然感到另外一个威严向他压迫，一团黑色的东西，一种不可抗的势力，向他挑衅；这敌人，就是衰老同死亡，像一只荒漠中以麋鹿作食料的巨鹰，盘旋到这略有了点年纪的人心头上，鲁迅吓怕了，软弱了。

从《坟》、《热风》、“华盖”各集到《野草》，可以搜索得出这个战士先是怎样与世作战，而到后又如何在衰老的自觉情形中战栗与沉默。他如一般有思想的人一样，从那一个黑暗而感到黑暗的严肃；也如一般有思想的人一样，把希望付之于年青人，而以感慨度着剩余的每一个日子了。那

---

① 意为机会、时机。

② 意为讽刺。

里有无可奈何的，可悯恻的，柔软如女孩子的心情，这心情是忧郁的女性的。青春的绝望，现世的梦的破灭，时代的动摇，以及其他纠纷，他无有不看到感到，他写了《野草》。《野草》有人说是诗，是散文，那是并无多大关系的。《野草》比其他杂感稍稍不同，可不是完全任性的东西。在《野草》上，我们的读者，是应当因为明白那些思想的蛇缭绕到作者的脑中，怎样的苦了这“战士”，把他的械缴去，被幽囚起来，而锢蔽中聊以自娱的光明的希望，是如何可怜的付之于年青时代那一面的。懂到[①]《野草》上所缠缚的一个图与生存作战而终于用手遮掩了双眼的中年人的心情，我们在另外一些过去一时代的人物，在生存中多悲愤，任性自弃，或故图违反人类生活里所有道德的秩序，容易得到一种理解的机会。从生存的对方，衰老与死亡，看到敌人所持的兵刃，以及所掘的深阱，因而更坚持着这生，顽固而谋作一种争斗，或在否定里谋解决，如释迦牟尼，这自然是一个伟大而可敬佩的苦战。同样看到了一切，或一片，因为民族性与过去我们哲人一类留下的不健康的生活观念所影响，在找寻结论的困难中，跌到了酒色声歌各样享乐世道里，消磨这生

① 意为懂得、理解。

的残余，如中国各样古往今来的诗人文人，这也仍然是一种持着生存向前而不能，始返回毁灭那一条路的勇壮的企图。两种人皆是感着为时代所带走，由旧时代所培养而来的情绪不适宜于新的天地，在积极消极行为中向黑暗反抗，而那动机与其说是可敬可笑，倒不如一例[①]给这些人以同样怜悯为恰当的。因为这些哲人或名士，那争斗的情形，仍然全是先屈服到那一个深阱的黑暗里，到后是恰如其所料，跌到里面去了。

同死亡衰老作直接斗争的，在过去是道教的神仙，在近世是自然科学家。因为把基础立在一个与诗歌同样美幻的唯心的抽象上面努力，做神仙的是完全失败了。科学的发明，虽据说有了可惊的成绩，但用科学来代替那不意[②]的神迹，反自然的实现，为时仍似乎尚早。在中国，则知识阶级的一型中，所谓知识阶级不缺少绅士教养的中年人，对过去的神仙的梦既不能做，新的信赖复极缺少，在生存的肯定上起了惑疑，而又缺少堕入放荡行为的方便，终于彷徨无措，仍然如年纪方在二十数目上的年青人的烦恼，任性使气，睚眦之怨必报，多疑而无力向前，鲁迅是我们所知道见到的一个。

---

① 意为一律、无一例外地。

② 意为不料、出乎意料、意料之外。

终于彷徨了自己的脚步，在数年来作着那个林语堂教授所说的装死时代的鲁迅先生，在那沉默里（说是“装死”原是侮辱了这个人的一句最不得体的话），我们是可以希望到有一天见到他那新的肯定后，跃马上场的百倍精神情形的。可是这事是鲁迅先生能够做到的，还是高兴去做的没有？虽然在左翼作家联盟添上了一个名字，这里是缺少智慧作像林教授那种答案的言语的。

在这个人过去的战斗意义上，有些人，是为了他那手段感到尊敬，为那方向却不少小小失望的。但他在这上面有了一种解释，作过一种辩护过。那辩护好像他说过所说的事全是非说不可。“是意气，把‘意气’这样东西除去，把‘趣味’这样东西除去，把因偏见而孕育的憎恶除去，鲁迅就不能写一篇文章了。”上面的话我曾听到过一个有思想而对于鲁迅先生认识的年青人某君说过。那年青人说的话，是承认批评这字样，就完全建筑[①]在意气与趣味两种理由上而成立的东西。但因为趣味同意气，即兴的与任性的两样原因，他以为鲁迅杂感与创作对世界所下的那批评，自己过后或许也有感到无聊的一时了。我对于这个估计十分同意。他那两年来

① 意为建立。

的沉默，据说是有所感慨而沉默的。前后全是感慨！不作另外杂感文章，原来是时代使他哑了口。他对一些不可知的年青人，付给一切光明的希望，但对现在所谓左翼作者，他是在放下笔以后用口还仍然在作一种不饶人的极其缺少尊敬的批评的，这些事就说明了那意气粘膏一般还贴在心上。个人主义的一点强顽[①]处，是这人使我们有机会触着他那最人性的一面，而感觉到那孩子气的爱娇的地方的。在这里，我们似乎不适宜于用一个批评家口吻，说“那样好这样坏”拣选精肥的言语了，在研究这人的作品一事上，我们不得不把效率同价值暂时抛开的。

现在的鲁迅，在翻译与介绍上，给我们年青人尽的力，是他那排除意气而与时代的虚伪作战所取的一个最新的而最漂亮的手段。这里自然有比过去更大的贡献的意义存在。不过为了那在任何时皆可从那中年人言行上找到的“任性”的气氛，那气氛，将使他仍然会在某样方便中，否认他自己的工作，用俨然不足与共存亡的最中国型的态度，不惜自污那样说是“自己仍然只是趣味的缘故做这些事”，用作对付那类揹着文学招牌到处招摇兜揽的人物，这是一定事实罢。这

① 强横凶顽，意为顽强。

态度，我曾说过这是“最中国型”的态度的。

鲁迅先生不要正义与名分，是为什么原因？

现在所谓好的名分，似为全为那些伶精方便汉子攫到手中了，许多人是完全依赖这名分而活下的，鲁迅先生放弃这正义了。作家们在自己刊物上自己作伪的事情，那样聪明的求名，敏捷的自炫，真是令人非常的佩服，鲁迅明白这个所以他对于那纸上恭敬，也看到背面的阴谋。“战士”的绰号，在那中年人的耳朵里，所振动的恐怕不过只是那不端方的嘲谑。这些他那杂感里，那对于名分的逃遁，很容易给人发笑的神气，是一再可以发现到的。那不好意思在某种名分下生活的情形，恰恰与另一种人太好意思自觉神圣的，据说是最前进的文学思想掮客的大作家们作一巧妙的对照。在这对照上，我们看得出鲁迅的“诚实”，而另外一种的适宜生存于新的时代。

世界上，蠢东西仿佛总是多数的多数，在好名分里，在多数解释的一个态度下，在叫卖情形中，我们是从掮着圣雅各[①]名义活得很舒泰的基督徒那一方面，可以憬然觉悟作着那种异途同归的事业的人是应用了怎样狡猾诡诈的方法而

① 一译雅各伯，《圣经》中的人物，基督教圣徒，耶稣十二门徒之一。

又如何得到了“多数”的。鲁迅并不得到多数，也不大注意去怎样获得，这一点是他可爱的地方，是中国型的作人的美处。这典型的姿态，到鲁迅，或者是最后的一位了。因为在新的生产关系下长成的年青人，如郭沫若如……在生存态度下，是种下了深的顽固的，争斗的力之种子，贪得，进取，不量力的争夺，空的虚声的呐喊，不知遮掩的战斗，造谣，说谎，种种在昔时为“无赖”而在今日为“长德”的各样行为，使“世故”与年青人无缘，鲁迅先生的战略，或者是不会再见于中国了！

学鲁迅[①]

文学革命的意义，实包含“工具重造”“工具重用”两个目标。把文字由艰深空泛转为明白亲切，是工具重造。由误用滥用把艰深空泛文字用到颂扬名伶名花，军阀遗老，为他们封王进爵拜生做寿，或死去以后谀墓哄鬼工作，改成明白亲切文体，用到人民生活苦乐的叙述，以及多数人民为求生存求发展，所作合理挣扎，种种挣扎如何遭遇挫折，半路绊倒又继续爬起，始终否定当前现实，追求未来种种合理发展过程，加以分析，检讨，解剖，进而对于明日社会作种种预言，鼓励其实现，是工具重用。两目标同源异流，各自发展，各有成就：或丰饶了新文学各部门在文体设计文学风格上的纪录，或扩大加强了文学社会性的价值意义，终复异途同归，二而一，“文学与人生不可分”。一切理论的发展，

① 原载《知识与生活》，一九四七年十一月一日。

由陈独秀、胡适之诸先生起始，三十年来或以文学社团主张出发，或由政治集团思想出发，理论变化虽多，却始终无从推翻这话所包含的健康原则和深远意义。几个先驱者工作中，具有实证性及奠基性的成就，鲁迅先生的贡献实明确而永久。分别说来，有三方面特别值得记忆和敬视：

一、于古文学的爬梳整理工作，不作章句之儒，能把握大处。

二、于否定现实社会工作，一支笔锋利如刀，用在杂文方面，能直中民族中虚伪，自大，空疏，堕落，依赖，因循种种弱点的要害。强烈憎恶中复一贯有深刻悲悯浸润流注。

三、于乡土文学的发轫，作为领路者，使新作家群的笔，从教条观念拘束中脱出，贴近土地，挹取滋养，新文学的发展，进入一新的领域。而描写土地人民成为近二十年文学主流。

至于对工作的诚恳，对人的诚恳，一切素朴无华性格，尤足为后来者示范取法。

每年一度对于死者的纪念，纪念意思若有从前人学习，并推广对于前人工作价值的理解，促进更多方面的发展意义，个人以为这一天的纪念，应当使其他三百天大家来好好使用手中的笔，方为合理。因为文学革命的工具重造工具重用，前人虽尽了所能尽的力，作各方面试探学习，实在说来，待作未作的事就还很多！更何况这个国家目前所进行的大悲剧，使年青一代更担负了如何沉重一份重担，还得要文学家从一个更新的观点上给他们以鼓励，以刺激，以启发，将来方能于此残破国土上有勇气来重新努力收拾一切！

“诚恳”倘若是可学的，也是任何一种民族在忧患中挣扎时的基本品质。我们由此出发，对于工作，对于人，设能好好保持到它，即或走各自能走的路，作研究好，写杂文好，把一支笔贴近土地来写旧的毁灭和新的生长，以及新旧交替一切问题好。若这一点学不到，纪念即再热烈，和纪念本意将越来越远，即用笔，所能作的贡献，恐怕也将不会怎么多！再若教人学鲁迅的，年过四十，鲁迅在四十岁前后工作上的三种成就，尚无一种能学到，至于鲁迅先生那点天真诚恳处，却用一种社交上的世故适应来代替，这就未免太可怕了。因为年青人若葫芦依样，死者无知，倒也无所谓，正如中山先生之伟大，并不曾为后来者不能光大主义而减色。若死者有知，则每次纪念，将必增加痛苦。

其实这痛苦鲁迅先生在死后虽可免去，在生前则已料及。病时所发表一个拟遗嘱上，曾说得极明白，要家中人莫为彼举行任何仪式，莫收受人馈赠，要儿子莫作空头文学家。言虽若嘲谑，而实沉痛。因生前虽极力帮忙年青作家，也吃了不少空头作家闷气，十分失望，目下大家言学鲁迅，这个遗嘱其实也值得提出来，作为一种警惕。

从徐志摩作品学习“抒情”[①]

在写作上想到下笔的便利，是以“我”为主，就官能感觉和印象温习来写随笔。或向内写心，或向外写物，或内外兼写，由心及物，由物及心混成一片。方法上多变化，包含多，体裁上更不拘文格文式，可以取例作参考的，现代作家中，徐志摩作品似乎最相宜。

譬如写风景，在《我所知道的康桥》，说到康桥天然的景色，说到康河，实在妩媚美丽得很。他要你凝神的看，要你听，要你感觉到这特殊风光。即或这是个对你十分陌生的外国地方，也能给你一种十分亲切的印象。

> 康桥的灵性全在一条河上；康河，我敢说，是全世界最秀丽的一条水。……河身多的是曲折，上游是有名

① 原载《国文月刊》创刊号，一九四〇年八月十六日，为总题“习作举例”的系列讲稿第一篇。

的拜伦潭……当年拜伦常在那里玩的。有一个老村子叫格兰骞斯德，有一个果子园，你可以躺在累累的桃李树荫下吃茶，花果会掉入你的茶杯，小雀子会到你桌上来啄食，那真是别有一番天地。这是上游。下游是从骞斯德顿下去，河面展开，那是春夏间竞舟的场所。上下河分界有一个坝筑，水流急得很，在星光下听水声，听近村晚钟声，听河畔倦牛刍草声，是我康桥经验中最神秘的一种：大自然的优美、宁静，调谐在这星光与波光的默契中，不期然的淹入了你的性灵。

…………

这河身的两岸都是四季常青最葱翠的草坪。从校友居的楼上望去，对岸草场上，不论早晚，永远有十数匹黄牛与白马，胫蹄没在恣蔓[①]的草丛中，从容的在咬嚼，星星的黄花在风中动荡，应和着它们尾鬃的扫拂。桥的两端有斜倚的垂柳与掬荫护住。水是澈底的清澄，深不足四尺，匀匀的长着长条的水草。这岸边的草坪又是我的爱宠，在清朝[②]，在傍晚，我常去这天然的织锦上坐地，有时读书，有时看水，有时仰卧着看天空的行云，

---

① 意为恣意蔓生，任性地生长、伸展。

② 意为早晨、清晨。

有时反仆着搂抱大地的温软。

但河上的风流还不止两岸的秀丽，你得买船去玩。……

你站在桥上去看人家撑，那多不费劲，多美！尤其在礼拜天有几个专家的女郎，穿一身缟素衣服，裙裾在风前悠悠的飘着，戴一顶宽边的薄纱帽，帽影在水草间颤动。你看她们出桥洞时的姿态，捻起一根竟像没分量的长竿，只轻轻的，不经心的往波心里一点，身子微微的一蹲，这船身便波的转出了桥影，翠条鱼似的向前滑了去。她们那敏捷，那闲暇，那轻盈，真是值得歌咏的。

在初夏阳光渐暖时，你去买一只小船，划去桥边荫下，躺着念你的书或是做你的梦，槐花香在水面上飘浮，鱼群的唼喋声在你耳边挑逗。或是在初秋的黄昏，迎着新月的寒光，望上流僻静处远去。爱热闹的少年们携着他们的女友，在船沿上支着双双的东洋彩纸灯，带着话匣子，船心里用软垫铺着，也开向无人迹处去享他们的野福——谁不爱听那水底翻的音乐在静定的河上描写梦意与春光！

静极了，这朝来[1]水溶溶的大道，只远处牛奶车的铃声，点缀这周遭的沉默。顺着这大道走去，去到尽头，再转入林子里的小径，往烟雾浓密处走去，头顶是交枝的榆荫，透露着漠楞楞的曙色。再往前走去，走尽这林子，当前是平坦的原野，望见了村舍，初青的麦田；更远三两个馒形的小山掩住了一条通道，天边是雾茫茫的，尖尖的黑影是近村的教寺。听，那晓钟和缓的清音。这一带是此邦中部的平原，地形像是海里的轻波，默沉沉的起伏，山岭是望不见的，有的是常青的草原与沃腴的田壤。登那土阜上望去，康桥只是一带茂林，拥戴着几处娉婷的尖阁。妩媚的康河也望不见踪迹，你只能循着那锦带似的林木想象那一流清浅。村舍与树林是这地盘上的棋子，有村舍处有佳荫，有佳荫处有村舍。这早起是看炊烟的时辰：朝雾渐渐的升起，揭开了这灰苍苍的天幕（最好是微霰后的光景），远近的炊烟，成丝的，成缕的，成卷的，轻快的，迟重的，浓灰的，淡青的，惨白的，在静定的朝气里渐渐的上腾，渐渐的不见，仿佛是朝来人们的祈祷，参差的翳入了天听。朝阳

① 意为早晨。

是难得见的，这初春的天气，但它来时是起早人莫大的愉快。顷刻间这田野添深了颜色，一层轻纱似的金粉糁上了这草，这树，这通道，这庄舍。顷刻间这周遭弥漫了清晨富丽的温柔。顷刻间你的心怀也分润了白天诞生的光荣。

（摘引自《我所知道的康桥》）

对自然的感印下笔还容易，文字清而新，能凝眸动静光色，写下来即令人得到一种柔美印象。难的是对都市光景的捕捉，用极经济篇章，写一个繁华动荡、建筑物高耸、人群交流的都市。文字也俨然具建筑性，具流动性。如写巴黎：

咳，巴黎！到过巴黎的一定不会再稀罕天堂；尝过巴黎的，老实说，连地狱都不想去了。整个的巴黎就像是一床野鸭绒的垫褥，衬得你通体舒泰，硬骨头都给熏酥了的——有时许太热一些，那也不碍事，只要你受得住。赞美是多余的，正如赞美天堂是多余的；咒诅也是多余的，正如咒诅地狱是多余的。巴黎，软绵绵的巴黎，只在你临别的时候轻轻地嘱咐一声："别忘了，再来！"其实连这都是多余的，谁不想再去？谁忘得了？

香草在你的脚下，春风在你的脸上，微笑在你的周遭。不拘束你，不责备你，不督饬你，不窘你，不恼你，不揉你。它搂着你，可不缚住你：是一条温存的臂膀，不是根绳子。它不是不让你跑，但它那招逗的指尖却永远在你的记忆里晃着。多轻盈的步履，罗袜的丝光随时可以沾上你记忆的颜色。

但巴黎却不是单调的喜剧。赛因河的柔波里掩映着罗浮宫的倩影，它也收藏着不少失意人最后的呼吸。流着，温驯的水波；流着，缠绵的恩怨。咖啡馆：和着交颈的软语，开怀的笑响，有踞坐在屋隅里蓬头少年计较自毁的哀思。跳舞场：和着翻飞的乐调，迷醇的酒香，有独自支颐的少妇思量着往迹的怆心。浮动在上一层的许是光明，是欢畅，是快乐，是甜蜜，是和谐；但沉淀在底里阳光照不到的才是人事经验的本质：说重一点是悲哀，说轻一点是惆怅。谁不愿意永远在轻快的流波里漾着，可得留神了你往深处去时的发见！

放宽一点说，人生只是个机缘巧合；别瞧日常生活河水似的流得平顺，它那里面多的是潜流，多的是漩涡——轮着的时候，谁躲得了给卷了进去？那就是你发愁的时候，是你登仙的时候，是你辨着酸的时候，是你尝着甜的时候。

巴黎也不定比别的地方怎样不同，不同就在那边生活流波里的潜流更猛，漩涡更急，因此你叫给卷进去的机会也就更多。

（摘自《巴黎的鳞爪·引言》）

同样是写“物”，前面从实处写所见，后面从虚处写所感。在他的诗中也可以找出相近的例。从实处写，如《石虎胡同七号》；从虚处写，如《云游》。

我们的小园庭，有时荡漾着无限温柔：
善笑的藤娘，袒酥怀任团团的柿掌绸缪；
百尺的槐翁，在微风中俯身将棠姑抱搂；
黄狗在篱边，守候睡熟的狗儿，它的小友；
小雀儿新制求婚的艳曲，在媚唱无休——
我们的小园庭，有时荡漾着无限温柔。

我们的小园庭，有时淡描着依稀的梦景：
雨过的苍茫与满庭荫绿，织成无声幽冥；
小蛙独坐在残兰的胸前，听隔院蚓鸣；
一片化不尽的雨云，倦展在老槐树顶；

掠檐前作圆形的舞旋，是蝙蝠，还是蜻蜓？——
我们的小园庭，有时淡描着依稀的梦景。

我们的小园庭，有时轻喟着一声奈何：
奈何在暴雨时，雨槌下捣烂鲜红无数；
奈何在新秋时，未凋的青叶惆怅地辞树；
奈何在深夜里，月儿乘云艇归去，西墙已度；
远巷薤露的乐音，一阵阵被冷风吹过——
我们的小园庭，有时轻喟着一声奈何。

我们的小园庭，有时沉浸在快乐之中：
雨后的黄昏，满园只美荫清香与凉风；
大量的蹇翁，巨樽在手，蹇足直指天空；
一斤，两斤，杯底喝尽，满怀酒欢，满面酒红，
连珠的笑响中，浮沉着神仙似的酒翁——
我们的小园庭，有时沉浸在快乐之中。

（《石虎胡同七号》）

那天你翩翩的在空际云游，
自在，轻盈，你本不想停留
在天的那方或地的那角，

你的愉快是无拦阻的逍遥。
你更不经意在卑微的地面
有一流涧水，虽则你的明艳
在过路时点染了他的空灵，
使他惊醒，将你的倩影抱紧。

他抱紧的只是绵密的忧愁，
因为美不能在风光中静止。
他要，你已飞渡万重的山头，
去更阔大的湖海投射影子！
他在为你消瘦，那一流涧水，
在无能的盼望，盼望你飞回！

（《云游》）

一切优秀作品的制作，离不了手与心？更重要的，也许还是培养手与心那个“境”，一个比较清虚寥廓，具有反照反省能够消化现象与意象的境。单独把自己从课堂或寝室、朋友或同学拉开，静静的与自然对面，即可慢慢得到。关于这问题，下面的自白便很有意思。作者的散文，以富于热情见长，风格独具。可是这热情的培养与表现，却从一个单独的境中得来的：

> “单独”是一个耐人寻味的现象。我有时想它是任何发见的第一个条件。你要发见你的朋友的“真”，你得有与他单独的机会。你要发见你自己的“真”，你得给你自己一个单独的机会。你要发见一个地方（地方一样有灵性），你也得有单独玩的机会。我们这一辈子，认真说，能认识几个人？能认识几个地方？我们都是太匆忙，太没有单独的机会。
>
> …………
>
> 但一个人要写他最心爱的对象，不论是人是地，是多么使他为难的一个工作？你怕，你怕描坏了它，你怕说过分了恼了它，你怕说太谨慎了辜负了它。……
>
> （《我所知道的康桥》）

徐志摩作品给我们感觉是“动”，文字的动，情感的动，活泼而轻盈，如一盘圆莹珠子，在阳光下转个不停，色彩交错，变幻眩目。他的散文集《巴黎的鳞爪》代表他作品最高的成就。写景，写人，写事，写心，无一不见出作者对于现世光色的敏感，与对于文字性能的敏感。

从周作人、鲁迅作品学习抒情[①]

徐志摩作品给我们感觉是“动”，文字的动，情感的动，活泼而轻盈，如一盘圆莹珠子在阳光下转个不停，色彩交错，变幻眩目。他的散文集《巴黎的鳞爪》代表他作品最高的成就。写景，写人，写事，写心，无一不见出作者对于现世光色的敏感，与对于文字性能的敏感。若从反一方面看，同样，是这个人生，反应在另一作者观感上表现出来却完全不相同。我们可以将周氏兄弟的作品，提出来说说。

周作人作品和鲁迅作品，从所表现思想观念的方式说似乎不宜相提并论：一个近于静静的独白；一个近于恨恨的咒诅。一个充满人情温暖的爱，理性明莹虚廓，如秋天，如秋水，于事不隔；一个充满对于人事的厌憎，情感有所蔽塞，多愤激，易恼怒，语言转见出异常天真。然而有一点却相

① 原载《国文月刊》第一卷第二期，一九四〇年九月十六日，为总题“习作举例”的系列讲稿第二篇。

同，即作品的出发点，同是一个中年人对于人生的观照，表现感慨。这一点和徐志摩实截然不同。从作品上看徐志摩，人可年青多了。

抒情文应不限于写景，写事，对自然光色与人生动静加以描绘，也可以写心；从内面写，如一派澄清的涧水，静静的从心中流出。周作人在这方面的长处，可说是近二十年来新文学作家中应首屈一指。他的特点在写对一问题的看法，近人情而合道理。如论“人”，就很有意思，那文章题名《伟大的捕风》：

> 我最喜欢读《旧约》里的《传道书》。传道者劈头就说“虚空的虚空”，接着又说道：“已有的事后必再有，已行的事后必再行。日光之下并无新事。”这都是使我很喜欢读的地方。
>
> 已有的事后必再有，已见的事后必再行，此人生之所以为虚空的虚空也欤？传道者之厌世盖无足怪，他说：“我又专心察明智慧、狂妄和愚昧，乃知这也是捕风，因为多有智慧就多有愁烦，加增智识就加增郁伤。”
>
> 话虽如此，对于虚空的唯一的办法，其实还只有虚

空之追踪。而对于狂妄与愚昧之察明，乃是这虚无的世间第一有趣味的事，在这里我不得不和传道者意见分歧了。勃阑特思[1]批评福罗贝尔[2]，说他的性格是用两种分子合成："对于愚蠢的火烈的憎恶，和对于艺术无限的爱。这个憎恶，与凡有的憎恶一例，对于所憎恶者感到一种不可抗的牵引。各种形式的愚蠢，如愚行，迷信，自大，不宽容，都磁力似的吸引他，感发他。他不得不一件件的把他们描写出来。"……

察明同类之狂妄和愚昧，与思索个人的老死病苦，一样是伟大的事业，积极的人可以当一种重大的工作，在消极的也不失为一种有趣的消遣。虚空尽由他虚空，知道他是虚空，而又偏去追迹，去察明，那么这是很有意义的，这实在可以当得起说是伟大的捕风。法儒巴思卡耳[3]在他的《感想录》上曾经说过：

"人只是一根芦苇，世上最脆弱的东西，但他是一根会思想的芦苇。这不必要世间武装起来，才能毁坏他；只需一阵风，一滴水，便足以弄死他了。但即使宇

① 今译勃兰兑斯，丹麦文艺批评家、文学史家。

② 今译福楼拜，法国作家，代表作《包法利夫人》。

③ 今译帕斯卡，法国物理学家、数学家。

宙害了他，人总比他的加害者还要高贵。因为他知道他是将要死了，知道宇宙的优胜。宇宙却一点不知道这些。”

（《周作人散文钞》）

本文说明深入人生，体会人生，意即可以建设一种对于人生的意见。消遣即明知的享乐，即为向虚无有所追求，亦无妨碍。

又说人之所以为人，在明知和感觉所以形成重要。而且能表现这明知和感觉。

又如谈文艺的宽容，正可代表“五四”以来自由主义者对于“文学上的自由”一种看法。

文艺以自己表现为主体，以感染他人为作用，是个人而亦为人类的。所以文艺的条件是自己表现，其余思想与技术上的派别都在其次。——[他的意思是适用于已有成绩，不适于预约方向。]是研究的人便宜上的分类，不是文艺本质上判分优劣的标准。各人的个性既然是各各不同（虽然在终极仍有相同之一点，即是人性），那么表现出来的文艺，当然是不相同。现在倘若拿了批评上的大道理要去强迫统一，即使这不可能的事情居然实现了，这样文艺作品已经失了它唯一的条件，其实不能成为文艺了。因为文艺的生命是自由不是平等，是分离不是合并，所以宽容是文艺发达的必要的条件。[这里表示对当时的一为观念否认，对文言抗议。] 然而宽容决不是忍受。不滥用权威去阻遏他人的自由发展是宽容，任凭权威来阻遏自己的自由发展而不反抗是忍受。正当的规则是：当自己求自由发展时，对于压迫的势力，不应取忍受的态度；当自己成了已成势力之后，对于他人的自由发展，不可不取宽容的态度。聪明的批评家自己不妨属于已成势力的一分子，但同时应有对于新兴潮流的理解与承认。他的批评是印象的鉴赏，不是法理的判决，是诗人的而非学者的批评。文学固然可以成为科学的研究，但只是已往事实的综合与分析，不能作为未来的无限发展的轨范。文艺上的激变不是破坏[文艺的]法律，乃是增加条文。譬如无韵诗的提倡，似乎是破坏了“诗必须有韵”的法令，其实它只是改定了旧时狭隘的范围，将它放大，以为“诗可以无韵”罢了。表示生命之颤动的文学，当然没有不变的科律；历代的文艺在它自己的时代都是一代的成就，在全体上只是一个过程。

要问文艺到什么程度是大成了，那犹如问文化怎样是极顶一样，都是不能回答的事，因为进化是没有止境的。许多人错把全体的一过程认做永久的完成，所以才有那些无聊的争执，其实只是自扰。何不将这白费的力气去做正当的事，走自己的路程呢。

近来有一群守旧的新学者，常拿了新文学家的“发挥个性，注重创造”的话做挡牌，[指学衡派[①]言]以为他们不应该“对于文言者仇视之”；这意思似乎和我所说的宽容有点相像，但其实是全不相干的。宽容者对于过去的文艺固然予以相当的承认与尊重，但是无所用其宽容，因为这种文艺已经过去了，不是现在的势力所能干涉，便再没有宽容的问题了。所谓宽容乃是说已成势力对于新兴流派的态度，正如壮年人的听任青年的活动。其重要的根据，在于活动变化是生命的本质，无论流派怎么不同，但其发展个性，注重创造，同是人生的文学的方向，现象上或是反抗，在全体上实是继续，所以应该宽容，听其自由发育。若是“为文言”或拟古（无论拟古典或拟传奇派）的人们，既然不是新兴的更进一步

① 中国现代文学流派，主张文学复古，反对新文化运动，得名于《学衡》杂志，代表人物有吴宓、梅光迪、胡先骕。

的流派，当然不在宽容之列。——这句话或者有点语病，当然不是说可以“仇视之”，不过说用不着人家的宽容罢了。他们遵守过去的权威的人，背后得有大多数人的拥护，还怕谁去迫害他们呢。老实说，在中国现在文艺界上宽容旧派还不成为问题，倒是新派究竟已否成为势力，应否忍受旧派的压迫，却是未可疏忽的一个问题。

（《自己的园地》）

在《自己的园地》一文中，对于人与艺术，作品与社会，尤有极好的见地。第一节谈到文学创造，不以卑微而自弃，与当时思想界所提出的劳工神圣、人类平等原则相同，并以社会的宽广无所不容为论。次一节则谈为人生与为艺术两种文艺观的差别性何在，且认为人生派非功利而功利自见，引“种花”作例：

我们自己的园地是文艺，这是要在先声明的。我并非厌薄别种活动而不屑为，——我平常承认各种活动于生活都是必要；实在是小半由于没有这样的才能，大半由于缺少这样的趣味，所以不得不在这中间定一个去就。但我对于这个选择并不后悔，并不惭愧地面的小与出产的薄弱而且似乎无用。依了自己的心的倾向，去种蔷薇、地丁，这是尊重个性的正当办法。即使如别人所说各人果真应报社会的恩，我也相信已经报答了，因为社会不但需要果蔬药材，却也一样迫切的需要蔷薇与地丁。——如有蔑视这些的社会，那便是白痴的只有形体而没有精神生活的社会，我们没有去顾视他的必要。

有人说道：据你所说，那么你所主张的文艺，一定是人生派的艺术了。泛称人生派的艺术，我当然没有什么反对，但是普通所谓人生派是主张“为人生的艺术”的，对于这个我却有一点意见。“为艺术而艺术”将艺术与人生分离，并且将人生附属于艺术。至于如王尔德的提倡人生之艺术化，固然不很妥当，“为人生的艺术”以艺术附属于人生，将艺术当作改造生活的工具而非终极，也何尝不把艺术与人生分离呢？我以为艺术当然是人生的，因为他本是我们感情生活的表现，叫他怎能与人生分离？“为人生”——于人生有实利，当然也是艺术本有的一种作用，但并非唯一的职务。总之艺术是独立的，却又原来是人性的，所以既不必使它隔离人生，又不必使他服侍人生，只任他成为浑然的人生艺术便好了。“为艺术”派以个人为艺术的工匠，“为人生”派以艺术为人生的仆役。现在却以个人为主人，表现情思而成艺术，即为其生活之一部，初不为福利他人而作；而他人接触这艺术，得到一种共鸣与感兴，使其精神生活充实而丰富，又即以为现实生活的基本。这是人生的艺术的要点；有独立的艺术美与无形的功利。我所说的蔷薇、地丁的种作，便是如此。有些人种花聊以消遣，有些人种花志在卖钱，真种花者以种花为其生活，——而花亦未尝不美，未尝于人无益。

胡适之在《五十年来中国之文学》称他的文章为用平淡的谈话，包藏深刻的意味。作品的成功，彻底破除了“美文不能用白话”的迷信。朱光潜论《雨天的书》，说到这本书的特质，第一是清，第二是冷，第三是简洁。两个批评者的文章，都以叙事说理明白见长，却一致推重周作人的散文为具有朴素的美。这种朴素的美，很影响到十年来过去与当前未来中国文学使用文字的趋向。它的影响也许是部分的，然而将永远是健康而合乎人性的。他的文章虽平淡朴素，他的思想并不萎靡，在《国民文学》一文中，便表现得极彻底。而且国民文学的提倡，是由他起始的。苏雪林在她的《论周作人》一文中，把他称为一个“思想家”，很有道理。如论及中国问题时：

> 希腊人有一种特性，也是从先代遗传下来的，是热烈的求生欲望。他不是苟延残喘的活命，乃是希求美的健全的充实的生活……中国人实在太缺少求生的意志，由缺少而几乎至于全无。——中国人近来常以平和忍耐自豪，这其实并不是好现象。我并非以平和为不好，只因为中国的平和耐苦不是积极的德性，乃是消极的衰耗的症候，所以说不好。譬如一个强有力的人他有压迫或报复的力量而隐忍不动，这才是真的平和。中国人的所谓爱平和，实在只是没气力罢了，正如病人一样。这样没气力下去，当然不能“久于人世”。这个原因大约很长远了，现在且不管他，但救济是很要紧的。这有什么法子呢？我也说不出来，但我相信一点兴奋剂是不可少的：进化论的伦理学上的人生观，互助而争有的生活，尼采与托尔斯泰，社会主义与善种学，都是必要。
>
> （周作人的《新希腊与中国》）

然而这种激进思想，似因年龄堆积，体力衰弱，很自然转而成为消沉，易与隐逸相近，所以曹聚仁[①]对于周作人的意见，是“由孔融到陶潜”。意即从愤激到隐逸，从多言到沉默，从有为到无为。精神方面的衰老，对世事不免具浮沉自如感。因之嗜好是非，便常有与一般情绪反应不一致处。二十六年[②]北平沦陷后，尚留故都，即说明年龄在一个思想家所生的影响，如何可怕。

周作人的小品文，鲁迅的杂感文，在二十年来中国新文学活动中，正说明两种倾向：前者代表田园诗人的抒情，后者代表艰苦斗士的作战。同样是看明白了“人生”，同源而异流：一取退隐态度，只在消极态度上追究人生，大有自得其乐意味；一取迎战态度，冷嘲热讽，短兵相接，在积极态度上正视人生，也俨然自得其乐。对社会取退隐态度，所以在民十六以后，周作人的作品，便走上草木虫鱼路上去，晚明小品文提倡上去。对社会取迎战态度，所以鲁迅的作品，便充满与人与社会敌对现象，大部分是骂世文章。然而从鲁迅取名《野草》的小品文集看看，便可证明这个作者另一面的长处，即纯抒情作风的长处，也正浸透了一种素朴的田园风味。如写“秋夜”：

---

① 中国作家、记者，周氏兄弟的朋友，曾主编《涛声》《芒种》等杂志。

② 即一九三七年。

在我的后园，可以看见墙外有两株树，一株是枣树，还有一株也是枣树。

这上面的夜的天空，奇怪而高，我生平没有见过这样的奇怪而高的天空。他仿佛要离开人间而去，使人们仰面不再看见。然而现在却非常之蓝，闪闪地䀹着几十个星星的眼，冷眼。他的口角上现出微笑，似乎自以为大有深意，而将繁霜洒在我的园里的野花草上。

我不知道那些花草真叫什么名字，人们叫他们什么名字。我记得有一种开过极细小的粉红花，现在还开着，但是更极细小了，她在冷的夜气中，瑟缩地做梦，梦见春的到来，梦见秋的到来，梦见瘦的诗人将眼泪擦在她最末的花瓣上，告诉她秋虽然来，冬虽然来，而此后接着还是春，蝴蝶乱飞，蜜蜂都唱起春词来了。她于是一笑，虽然颜色冻得红惨惨地，仍然瑟缩着。

枣树，他们简直落尽了叶子。先前，还有一两个孩子来打他们别人打剩的枣子，现在是一个也不剩了，连叶子也落尽了。他知道小粉红花的梦，秋后要有春；他也知道落叶的梦，春后还是秋。他简直落尽叶子，单剩干子[1]，然而脱了当初满树是果实和叶子时候的弧形，欠伸得很舒服。但是，有几枝还低亚[2]着，护定他从打枣的竿梢所得的皮伤，而最直最长的几枝，却已默默地铁似的直刺着奇怪而高的天空，使天空闪闪地鬼䀹眼；直刺着天空中圆满的月亮，使月亮窘得发白。

鬼䀹眼的天空越加非常之蓝，不安了，仿佛想离去人间，避开枣树，只将月亮剩下。然而月亮也暗暗地躲到东边去了。而一无所有的干子，却仍然默默地铁似的直刺着奇怪而高的天空，一意要致他的死命，不管他各式各样地䀹着许多蛊惑的眼睛。

哇的一声，夜游的恶鸟飞过了。

我忽而听到夜半的笑声，吃吃地，似乎不愿意惊动睡着的人，然而四围的空气都应和着笑。夜半，没有别的人，我即刻听出这声音就在我嘴里，我也即刻被这笑声所驱逐，回进自己的房。灯火的带子也即刻被我旋高了。

后窗的玻璃上丁丁地响，还有许多小飞虫乱撞。不多久，几个进来了，许多从窗纸的破孔进来的。他们一

---

① 指树干。

② 指低垂。亚，低压。

进来，又在玻璃的灯罩上撞得丁丁地响。一个从上面撞进去了，他于是遇到火，而且我以为这火是真的。两三个却休息在灯的纸罩上喘气。那罩是昨晚新换的罩，雪白的纸，折出波浪纹的叠痕，一角还画出一枝猩红色的栀子。

猩红的栀子开花时，枣树又要做小粉红花的梦，青葱地弯成弧形了……我又听到夜半的笑声；我赶紧砍断我的心绪，看那老在白纸罩上的小青虫，头大尾小，向日葵子似的，只有半粒小麦那么大，遍身的颜色苍翠得可爱，可怜。

我打一个呵欠，点起一支纸烟，喷出烟来，对着灯默默地敬奠这些苍翠精致的英雄们。

这种情调与他当时译《桃色的云》《小约翰》大有关系。与他的恋爱或亦不无关系。这种抒情倾向，并不仅仅在小品文中可以发现，即他的小说大部分也都有这个倾向。如《社戏》《故乡》《示众》《鸭的喜剧》《兔和猫》，无不见出与周作人相差不远的情调，文字从朴素见亲切处尤其相近。然而对社会现象表示意见时，迎战态度的文章，却大不相同了。如纪念因三一八惨案请愿学生刘和珍被杀即可作例：

真的猛士，敢于直面惨淡的人生，敢于正视淋漓的鲜血。这是怎样的哀痛者和幸福者？然而造化又常常为庸人设计，以时间的流驶，来洗涤旧迹，仅使留下淡红的血色和微漠的悲哀。在这淡红的血色和微漠的悲哀中，又给人暂得偷生，维持着这似人非人的世界。我不知道这样的世界何时是一个尽头！

…………

时间永是流驶，街市依旧太平，有限的几个生命，在中国是不算什么的，至多，不过供无恶意的闲人以饭后的谈资，或者给有恶意的闲人作“流言”的种子。至于此外的深的意义，我总觉得很寥寥，因为这实在不过是徒手的请愿。人类的血战前行的历史，正如煤的形成，当时用大量的木材，结果却只是一小块，但请愿是不在其中的，更何况是徒手。

然而既然有了血痕了，当然不觉要扩大。至少，也当浸渍了亲族，师友，爱人的心，纵使时光流驶，洗成绯红，也会在微漠的悲哀中永存微笑的和蔼的旧影。陶潜说过：“亲戚或余悲，他人亦已歌。死去何所道，托体同山阿。”倘能如此，这也就够了。

感慨沉痛，在新文学作品中实自成一格。另外一种长处是冷嘲，骂世，如《二丑艺术》可以作例：

> 浙东的有一处的戏班中，有一种脚色叫作“二花脸”，译得雅一点，那么，“二丑”就是。他和小丑的不同，是不扮横行无忌的花花公子，也不扮一味仗势的宰相家丁，他所扮演的是保护公子的拳师，或是趋奉公子的清客。总之：身分比小丑高，而性格却比小丑坏。
>
> 义仆是老生扮的，先以谏诤，终以殉主；恶仆是小丑扮的，只会作恶，到底灭亡。而二丑的本领却不同，他有点上等人模样，也懂些琴棋书画，也来得行令猜谜，但倚靠的是权门，凌蔑的是百姓。有谁被压迫了，他就来冷笑几声，畅快一下；有谁被陷害了，他又去吓唬一下，吆喝几声。不过他的态度又并不常常如此的，大抵一面又回过脸来，向台下的看客指出他公子的缺点，摇着头装起鬼脸道：你看这家伙，这回可要倒楣哩！
>
> 这最末的一手，是二丑的特色。因为他没有义仆的愚笨，也没有恶仆的简单，他是知识阶级。他明知道自

己所靠的是冰山，一定不能长久，他将来还要到别家帮闲，所以当受着豢养，分着余炎的时候，也得装着和这贵公子并非一伙。

二丑们编出来的戏本上，当然没有这一种脚色的，他那里肯；小丑，即花花公子们编出来的戏本，也不会有，因为他们只看见一面，想不到的。这二花脸，乃是小百姓看透了这一种人，提出精华来，制定了的脚色。

世间只要有权门，一定有恶势力，有恶势力，就一定有二花脸，而且有二花脸艺术。我们只要取一种刊物，看他一个星期，就会发现他忽而怨恨春天，忽而颂扬战争，忽而译萧伯纳演说，忽而讲婚姻问题；但其间一定有时要慷慨激昂的表示对于国事的不满：这就是用出末一手来了。

这最末的一手，一面也在遮掩他并不是帮闲，然而小百姓是明白的，早已使他的类型在戏台上出现了。

由冰心到废名[1]

从作品风格上观察比较，徐志摩与鲁迅作品，表现的实在完全不同。虽同样情感黏附于人生现象上，都十分深切，其一给读者的印象，正如作者被人间万汇百物的动静感到眩目惊心，无物不美，无事不神，文字上因此反照出光彩陆离，如绮如锦，具有浓郁的色香，与不可抗的热（《巴黎的鳞爪》可以作例）。其一却好像凡事早已看透看准，文字因之清而冷，具剑戟气。不特对社会丑恶表示抗议时寒光闪闪，有投枪意味，中必透心。即属于抽抒个人情绪，徘徊个人生活上，亦如寒花秋叶，颜色萧疏（《野草》《朝花夕拾》可以作例）。然而不同之中倒有一点相同，即情感黏附于人生现象上（对人间万事的现象），总像有“莫可奈何”之感，“求孤独”俨若即可得到对现象执缚的解放。徐

① 原载《国文月刊》第三期，一九四〇年十月十六日，为总题“习作举例”的系列讲稿第三篇。

志摩在《我所知道的康桥》《天宁寺闻钟》《北戴河海滨的幻想》《冥想》《想飞》《自剖》各文中，无不表现他这种“求孤独”的意愿。正如对“现世”有所退避，极力挣扎，虽然现世在他眼中依然如此美丽与神奇。这或者与他的实际生活有关，与他的恋爱及离婚又结婚有关。鲁迅在他的《朝花夕拾·小引》一文中，更表示对于静寂的需要与向往。必需“单独”，方有“自己”。热情的另一面本来就是如此向“过去”凝眸，与他在小说中表示的意识，二而一。正见出对现世退避的另一形式。

我常想在纷扰中寻出一点闲静来，然而委实不容易。目前是这么离奇，心里是这么芜杂。一个人做到只剩了回忆的时候，生涯大概总要算是无聊了吧，但有时竟会连回忆也没有。中国的做文章有轨范，世事也仍然是螺旋。前几天我离开中山大学的时候，便想起四个月以前的离开厦门大学；听到飞机在头上鸣叫，竟记得了一年前在北京城上日日旋绕的飞机。我那时还做了一篇短文，叫做《一觉》。现在是，连这“一觉”也没有了。

广州的天气热得真早，夕阳从西窗射入，逼得人只能勉强穿一件单衣。书桌上的一盆“水横枝”，是我先前没有见过的：就是一段树，只要浸在水中，枝叶便青葱得可爱。看看绿叶，编编旧稿，总算也在做一点事。做着这等事，真是虽生之日，犹死之年，很可以驱除炎热的。

前天，已将《野草》编定了；这回便轮到陆续载在《莽原》上的《旧事重提》，我还替他改了一个名称：《朝花夕拾》。带露折花，色香自然要好得多，但是我不能够。便是现在心目中的离奇和芜杂，我也还不能使他即刻幻化，转成离奇和芜杂的文章。或者，他日仰看流云时，会在我的眼前一闪烁吧。

我有一时，曾经屡次忆起儿时在故乡所吃的蔬果：菱角，罗汉豆，茭白，香瓜。凡这些，都是极其鲜美可口的；都曾是使我思乡的蛊惑。后来，我在久别之后尝到了，也不过如此；惟独在记忆上，还有旧来的意味留存。他们也许要哄骗我一生，使我时时反顾。

在《呐喊·自序》上起始就说：

我在年青时候也曾经做过许多梦，后来大半忘却了，但自己也并不以为可惜。所谓回忆者，虽说可以使人欢欣，有时也不免使人寂寞，使精神的丝缕还牵着已逝的寂寞的时光，又有什么意味呢，而我偏苦于不能全忘却，这不能全忘的一部分，到现在便成了《呐喊》的来由。

这种对"当前"起游离感或厌倦感，正形成两个作家作品特点之一部分。也正如许多作家，对"当前"缺少这种感觉，即形成另外一种特点。在新散文作家中，可举出冰心、朱佩弦[①]、废名三个人作品，当作代表。

这三个作家，文字风格表现上，并无什么相同处。然而同样是用清丽素朴的文字抒情，对人生小小事情，一例俨然怀着母性似的温爱，从笔下流出时，虽方式不一，细心读者却可得到同一印象，即作品中无不对于"人间"有个柔和的笑影。少夸张，不像徐志摩对于生命与热情的讴歌；少愤激，不像鲁迅对社会人生的诅咒：

雨声渐渐的住了，窗帘后隐隐的透进清光来。推开

① 即朱自清，字佩弦。

窗户一看，呀！凉云散了，树叶上的残滴，映着月儿，好似萤光千点，闪闪烁烁的动着。——真没想到苦雨孤灯之后，会有这么一幅清美的图画！

凭窗站了一会儿，微微的觉得凉意侵人。转过身来，忽然眼花缭乱，屋子里的别的东西，都隐在光云里；一片幽辉，只浸着墙上画中的安琪儿——这白衣的安琪儿，抱着花儿，扬着翅儿，向着我微微的笑。

“这笑容仿佛在哪儿看见过似的，什么时候，我曾……”不知不觉的便坐在窗口下想——默默的想。

严闭的心幕，慢慢的拉开了，涌出五年前的一个印象——一条很长的古道。驴脚下的泥，兀自滑滑的。田沟里的水，潺潺的流着。近村的绿树，都笼在湿烟里。弓儿似的新月，挂在树梢。一边走着，似乎道旁有一个孩子，抱着一堆灿白的东西。驴儿过去了，无意中回头一看——他抱着花儿，赤着脚儿，向着我微微的笑。

“这笑容又仿佛是哪儿看见过似的！”我仍是想——默默的想。

又现出一重心幕来，也慢慢的拉开了，涌出十年前的一个印象——茅檐下的雨水，一滴一滴的落到衣上来。土阶边的水泡儿，泛来泛去的乱转。门前的麦陇和葡萄架子，都濯得新黄嫩绿的非常鲜丽。——一会儿好容易雨晴了，连忙走下坡儿去。迎头看见月儿从海面上来了，猛然记得有件东西忘下了，站住了，回过头来。这茅屋里的老妇人——她倚着门儿，抱着花儿，向着我微微的笑。

这同样微妙的神情，好似游丝一般，飘飘漾漾的合了拢来，绾在一起。

这时心下光明澄静，如登仙界，如归故乡。眼前浮现的三个笑容，一时融化在爱的调和里看不分明了。

（冰心的《笑》）

水畔驰车，看斜阳在水上泼散出的闪烁的金光。晚风吹来，春衫嫌薄。这种生涯，是何等的宜于病后呵！

在这里，出游稍远便可看见水。曲折行来，道滑如拭，重重的树阴之外，不时倏忽的掩映着水光。我最爱的是玷池，称她为池真委曲了，她比小的湖还大呢！——有三四个小岛在水中央，上面随意地长着小树。池四围是丛林，绿意浓极。每日晚餐后我便出来游散。缓驰的车上，湖光中看遍了美人芳草！——真是“水边多丽人”。看三三两两成群携手的人儿，男孩子都去领卷袖，女孩子穿着颜色极明艳的夏衣，短发飘拂。轻柔的笑声，从水面，从晚风中传来，非常的浪漫而潇洒。到此猛忆及曾皙对孔子言志，在“暮春者”之后，“浴乎沂风乎舞雩”之前，加上一句“春服既成”，遂有无限的飘扬态度，真是千古隽语。

此外的如玄妙湖、侦池、角池等处，都是很秀丽的地方。大概湖的美处在“明媚”。水上的轻风，皱起万叠微波。湖畔再有芊芊的芳草，再有青青的树林，有平坦的道路，有曲折的白色栏杆，黄昏时便是天然的临眺乘凉的所在。湖上落日，更是绝妙的画图。夜中归去，长桥上两串徐徐互相往来移动的灯星，颗颗含着凉意。若是明月中天，不必说，光景尤其移人了。

前几天游大西洋滨岸，沙滩上游人如蚁。或坐，或立，或弄潮为戏，大家都是穿着泅水衣服。沿岸两三里的游艺场，乐声飒飒，人声嘈杂。小孩子们都在铁马铁车上，也有空中旋转车，也有小飞艇，五光十色的。机关一动，都纷纷奔驰，高举凌空。我看那些小朋友们都很欢喜得意的。

这里成了“人海”。如蚁的游人，盖没了浪花。我觉得无味。我们掠转车来，直到娜罕去。

渐渐的静了下来。还在树林子里，我已迎到了冷意侵人的海风。再三四转，大海和岩石都横到了眼前！这是海的真面目呵。浩浩万里的蔚蓝无底的海涛，壮厉的海风，蓬蓬的吹来，带着腥咸的气味。在闻到腥咸的海味之时，我往往忆及童年拾卵石、贝壳的光景，而惊叹海之伟大。在我抱肩迎着吹人欲折的海风之时，才了解海之所以为海，全在乎这不可御的凛然的冷意！

在嶙峋的大海石之间，岩隙的树阴之下，我望着卵岩，也看见上面白色的灯塔。此时静极，只几处很精致的避暑别墅，悄然的立在断岩之上。悲壮的海风，穿过丛林，似乎在奏“天风海涛”之曲。支颐凝坐，想海波尽处，是群龙见首的欧洲；我和平的故乡，比这可望不可及的海天还遥远呢！

故乡没有明媚的湖光；故乡没有汪洋的大海；故乡没有葱绿的树林；故乡没有连阡的芳草。北京只是尘土飞扬的街道；泥泞的小胡同；灰色的城墙；流汗的人力车夫的奔走。我的故乡，我的北京，是一无所有！

小朋友，我不是一个乐而忘返的人，此间纵是地上的乐园，我却仍是“在客”。我寄母亲信中曾说：

“……北京似乎是一无所有！——北京纵是一无

所有，然已有了我的爱。有了我的爱，便是有了一切！灰色的城围里，住着我最宝爱的一切的人。飞扬的尘土呵，何容我再嗅着我故乡的香气……”

易卜生曾说过：“海上的人，心潮往往如海波一般地起伏动荡。”而那一瞬间静坐在岩上的我的思想，比海波尤加一倍的起伏。海上的黄昏星已出，海风似在催我归去。归途中很怅惘。只是还买了一筐新从海里拾出的蛤蜊。当我和车边赤足捧筐的孩子问价时，他仰着通红的小脸笑向着我。他岂知我正默默的为他祝福，祝福他终身享乐此海上拾贝的生涯！

（冰心的《寄小读者·通讯二十》）

从冰心作品中，文字组织处处可以发现“五四时代”文白杂糅的情形，词藻的运用也多由文言的习惯转变而来。不仅仅景物描写如此，便是用在对话上，同样不免如此。文字的基础完全建筑在活用的语言上，在散文作家中，应当数朱自清。五四以后谈及写美丽散文的，常把朱、俞并举，即朱自清、俞平伯。《桨声灯影里的秦淮河》与《西湖六月十八夜》两篇文章，代表当时抒情散文的最高点。叙事如画，似乎是当时一种风气。（有时或微觉得文字琐碎繁复。）散文中具诗意或诗境，尤以朱先生作品成就为好，直到如今，尚称为典型的作风。至于在写作上有一种“自得其乐”的意味，一种对人生欣赏态度，从俞平伯作品尤易看出。

对朱、俞的文章评论，钟敬文[1]以为朱文无周作人的隽永，无俞平伯的绵密，无徐志摩的艳丽，无谢冰心的飘逸，然而却另有一种真挚清幽的神态。有人说，朱、俞同样细腻，不同处在俞委婉，朱深秀。阿英以为朱文如“欢乐苦少忧患多”之感。

因此对现在感到“看花堪折直须折”情形，文字素朴而通俗，正与善说理的朱孟实[2]文字异曲同工。周作人则以为俞平伯文如嚼橄榄，味涩而有回甘，自成一家。

> 这几天心里颇不宁静。今晚在院子里坐着乘凉，忽然想起日日走过的荷塘，在这满月的光里，总该另有一番样子吧。月亮渐渐的升高了，墙外马路上孩子们的欢笑，已经听不见了；妻在屋里拍着闰儿，迷迷糊糊地哼着眠歌。我悄悄地披了大衫，带上门出去。

① 中国民俗学家、作家，原名钟谭宗，代表作品有《荔枝小品》《西湖漫拾》等。

② 即朱光潜，字孟实。

沿着荷塘，是一条曲折的小煤屑路。这是一条幽僻的路，白天也少人走，夜晚更加寂寞。荷塘四面，长着许多树，蓊蓊郁郁的。路的一旁，是些杨柳，和一些不知道名字的树。没有月光的晚上，这路上阴森森的，有些怕人。今晚却很好，虽然月光也还是淡淡的。

路上只我一个人，背着手踱着。这一片天地好像是我的，我也像超出了平常的自己，到了另一世界里。我爱热闹，也爱冷静；爱群居，也爱独处。像今晚上，一个人在这苍茫的月下，什么都可以想，什么都可以不想，便觉是个自由的人。白天里一定要做的事，一定要说的话，现在都可不理。这是独处的妙处；我且受用这无边的荷香月色好了。

曲曲折折的荷塘上面，弥望的是田田的叶子。叶子出水很高，像亭亭的舞女的裙。层层的叶子中间，零星的点缀着些白花，有袅娜地开着的，有羞涩地打着朵儿的；正如一粒粒的明珠，又如碧天里的星星，又如刚出浴的美人。微风过处，送来缕缕清香，仿佛远处高楼上渺茫的歌声似的。这时候叶子与花也有一丝的颤动，像闪电般，霎时传过荷塘的那边去了。叶子本是肩并肩密密地挨着，这便宛然有了一道凝碧的波痕。叶子底下是脉脉的流水，遮住了，不能见一些颜色；而叶子却更见风致了。

月光如流水一般，静静地泻在这一片叶子和花上。薄薄的青雾浮起在荷塘里。叶子和花仿佛在牛乳中洗过一样，又像笼着轻纱的梦。虽然是满月，天上却有一层淡淡的云，所以不能朗照；但我以为这恰是到了好处——酣眠固不可少，小睡也别有风味的。月光是隔了树照过来的，高处丛生的灌木，落下参差的斑驳的黑影，峭楞楞如鬼一般；弯弯的杨柳的稀疏的倩影，却又像是画在荷叶上。塘中的月色并不均匀，但光与影有着和谐的旋律，如梵婀玲上奏着的名曲。

荷塘的四面，远远近近，高高低低都是树，而杨柳最多。这些树将一片荷塘重重围住；只在小路一旁，漏着几段空隙，像是特为月光留下的。树色一例是阴阴的，乍看像一团烟雾；但杨柳的丰姿，便在烟雾里也辨得出。树梢上隐隐约约的是一带远山，只有些大意罢了。树缝里也漏着一两点路灯光，没精打采的，是渴睡人的眼。这时候最热闹的，要数树上的蝉声与水里的蛙声；但热闹是它们的，我什么也没有。

忽然想起采莲的事情来了。采莲是江南的旧俗，似乎很早就有，而六朝时为盛，从诗歌里可以约略知道。采莲的是少年的女子，她们是荡着小船，唱着艳歌去的。采莲人不用说很多，还有看采莲的人。那是一个热闹的季节，也是一个风流的季节。梁元帝《采莲赋》里说得好：

于是妖童媛女，荡舟心许；鹢首徐回，兼传羽杯；櫂将移而藻挂，船欲动而萍开。尔其纤腰束素，迁延顾步；夏始春余，叶嫩花初，恐沾裳而浅笑，畏倾船而敛裾。

可见当时嬉游的光景了。这真是有趣的事，可惜我们现在早已无福消受了。

于是又记起《西洲曲》里的句子：

采莲南塘秋，莲花过人头；低头弄莲子，莲子清如水。

今晚若有采莲人，这儿的莲花也算得“过人头”了；只不见一些流水的影子，是不行的。这令我到底惦着江南了。——这样想着，猛一抬头，不觉已是自己的门前；轻轻地推门进去，什么声息也没有，妻已睡熟好久了。

（朱自清的《荷塘月色》）

有人称之为“絮语”，周作人以为可代表一派。以抒情为主，大方而自然，与明代小品相近。然知学可作代表如竟陵派，文章风格实于周作人出。周文可以看出廿年来社会的变，以及个人对于这变迁所有的感慨，贴住“人”。俞文看不出，只看出低徊于人事小境，与社会俨然脱节。

文章内容抒情成分多，文字多繁琐，有《西青散记》《浮生六记》风趣。

正如自己所说：“有些人是做文章应世，有些人是做文章给自己玩。”俞平伯近于做给自己玩，在执笔心情上有自得其乐之意。

> 《儒林外史》上杜慎卿说：“菜佣酒保都有六朝烟水气。”这每令我悠然神往于负着历史重载的石头城。虽然，南京也去过三两次，所谓烟花金粉的本地风光已大半销沉于无何有了。幸而后湖的新荷，台城的芜绿，秦淮的桨声灯影以及其余的，尚可仿佛惝怳[①]地仰寻六代的流风遗韵。繁华虽随着年光云散烟消了，但它的薄痕倩影和与它曾相映发的湖山之美，毕竟留得几分，以新

① 同“惝恍”，意为失意、不高兴、不悦。

来游屐的因缘而隐跃跃悄沉沉地一页一页的重现了。至于说到人物的风流，我敢明证杜十七先生的话真是冤我们的——至少，今非昔比。他们的狡诈贪庸差不多和其他都市里的人合用过一个模子的，一点看不出什么叫做“六朝烟水气”。从煤渣里掏换出钻石，世间即有人会干；但决不是我，我失望了！

倒是这一次西泠桥上所见虽说不上什么“六代风流”，但总使人觉得身在江南。这天是四月三日的午前，天气很晴朗，我们携着姑苏，从我们那座小楼向岳坟走去。紫沙铺平的路上，鞋底擦擦的碎响着。略行几十步便转了一个弯。身上微觉燥热起来。坦坦平平的桥陂迤逦向北偏西，这是西泠了。桥顶，西石栏旁放着一担甘蔗，有刨了皮切成段的，也有未去青皮留整枝的。还有一只水碗，一把帚是备洒水用的。而最惹目的，担子旁不见挑担子的人，仅仅有一条小板凳，一个稚嫩的小女孩坐着。——卖甘蔗？

看她光景不过五六岁，脸皮黄黄儿的，脸盘圆圆儿的，蓬松细发结垂着小辫。春深了，但她穿得“厚裹罗哆”的，一点没有衣架子，倒活像个老员外。淡蓝条子的布袄，青莲条子的坎肩，半新旧且很有些儿脏。下边还系着开裆裤呢。她端端正正的坐着。右手捏一节蔗根放在嘴边使劲地咬，咬下了一块仍然捏着——淋漓的蔗汁在手上想是怪黏的。左手执一枝尺许高，醉杨妃色的野桃，花开得有十分了。因为左手没得空，右手更不得劲，而蔗根的咀嚼把持愈觉其费力了。

你曾见野桃花吗？（想你没有不看见过的。）它虽不是群芳中的华贵，但当芳年，也是一时之秀。花瓣如晕脂的靥，绿叶如插鬓的翠钗，绛须又如钗上的流苏坠子。可笑它一到小小的小女孩手中，便规规矩矩的，不敢卖弄妖冶，倒学会种娇憨了。它真机灵了。

至她并执桃蔗，得何意境？蔗根可嚼，桃花何用呢？何处相逢？何时抛弃？……这些是我们所能揣知，所敢言说的吗？你只看她那翦水双瞳，不离不着，乍注即释，痴慧躁静了无所见，即证此感邻于浑然，断断容不得多少回旋奔放的。你我且安分些吧。

我们想走过去买根甘蔗，看她怎样做买卖。后一转念，这是心理学者在试验室中对付猴鼠的态度，岂是我们应当对她的吗？我们分明也携抱着个小孩呢。所以尽管姑苏的眼睛，巴巴地直盯着这一担甘蔗，我们到底哄了他，走下了桥。

在岳坟溜连了一荡，有半点来钟。时已近午，我们循原路回走，从西堍上桥，只见道旁有被抛掷的桃枝和一些零零星星的蔗屑。那个小女孩已过西冷南堍，傍孤山之阴，蹒跚地独自摸回家去。背影越远越小，我痴望着……

走过一个八九岁的男孩——她的哥？——轻轻地把被掷的桃花又捡起来，耍了一回，带笑地喊："要不要？要不要？"其时作障的群青，成罗的一绿，都不肯言语了。他见没有应声，便随手一扬。一枝轻盈婀娜刚开到十分的桃花顿然飞堕于石阑干外。

我似醒了。正午骄阳下，峭峙着葱碧的孤山。妻和小孩早都已回家了。我也懒懒的自走回去。一路闲闲的听自己鞋底擦沙的声响，又闲闲的想："卖甘蔗的老吃甘蔗，一定要折本！孩子……孩子……"

（俞平伯《西泠桥上卖甘蔗》）

五四以来，用叙事记形式有所写作，作品仍应当称之为抒情文。在初期作者中，有两个比较生疏的作家，两本比较冷落的集子，值得注意：一是用"川岛"作笔名写的《月夜》，一是用"落华生"作笔名写的《空山灵雨》。两个作品与冰心作品有相同处，多追忆印象；也有相异处，写的是男女爱。虽所写到的是人事，不重行为的爱，只重感觉的爱。主要的是在表现一种风格，一种境界。人或沉默而羞涩，心或透明如水。给纸上人物赋一个灵魂，也是人事哀乐得失，也是在哀乐得失之际的动静，然而与同时代一般作品，却相去多远!

继承这种传统，来从事写作，成就特别好，尤以记言记行，用俭朴文字，如白描法绘画人生，一点一角的人生，笔下明丽而不纤细，温暖而不粗俗，风格独具，应推废名。然而这种微带女性似的单调，或因所写对象，在读者生活上过于隔绝，因此正当“乡村文学”或“农民文学”成为一个动人口号时，废名作品却俨然在另外一个情形下产生存在，与读者不相通。虽然所写的还正是另一时另一处真正的乡村与农民，对读者说，究竟太生疏了。

周作人称废名作品有田园风，得自然真趣，文情相生，略近于所谓“道”。不黏不滞，不凝于物，不为自己所表现“事”或表现工具“字”所拘束限制，谓为新的散文一种新格式。《竹林故事》《桥》《枣》，有些短短篇章，写得实在很好。

汪曾祺

沈从文和他的《边城》[1]

《边城》是沈从文先生所写的唯一的一个中篇小说，说是中篇小说，是因为篇幅比较长，约有六万多字；还因它有一个有头有尾的故事，——沈先生的短篇小说有好些是没有什么故事的，如《牛》《三三》《八骏图》……都只是通过一点点小事，写人的感情、感觉、情绪。

《边城》的故事甚美也很简单：茶峒山城一里外有一小溪，溪边有一弄渡船的老人。老人的女儿和一个兵有了私情，和那个兵一同死了，留下一个孤雏[2]，名叫翠翠，老船夫和外孙女相依为命地生活着。茶峒城里有个在水码头上掌事的龙头大哥顺顺，顺顺有两个儿子，天保和傩送，两兄弟都爱上翠翠。翠翠爱二老傩送。不爱大老天保，大老天保在失

① 原载《芙蓉》一九八一年第二期。初收《晚翠文谈》，杭州：浙江文艺出版社，一九八八年三月。

② 原指失去母鸟的幼鸟，比喻幼小的孤儿。

望之下驾船往下游去，失事淹死；傩送因为哥哥的死在心里结了一个难解疙瘩，也驾船出外了。雷雨之夜，渡船老人死了，剩下翠翠一个人。傩送对翠翠的感情没有变，但是他一直没有回来。

就这样一个简单的故事，却写出了几个活生生的人物，写了一首将近七万字的长诗!

因为故事写得很美，写得真实，有人就认为真有那么一回事。有的华侨青年，读了《边城》，回国来很想到茶峒去看看，看看那个溪水、白塔、渡船，看看渡船老人的坟，看看翠翠曾在哪里吹竹管……

大概是看不到的。这故事是沈从文编出来的。

有没有一个翠翠?

有的。可她不是在茶峒的碧溪岨，是泸溪县一个绒线铺的女孩子。

《湘行散记》里说：

> ……在十三个伙伴中我有两个极好的朋友。……其次是那个年纪顶轻的，名字就叫“傩右”，一个成衣人的独生子，为人伶俐勇敢，希有少见。……这小孩子年纪虽小，心可不小！同我们到县城街上转了三次，就看

中一个绒线铺的女孩子，问我借钱向那女孩子买了三次白棉线草鞋带子……那女孩子名叫“翠翠”，我写《边城》故事时，弄渡船的外孙女，明慧温柔的品性，就从那绒线铺小女孩脱胎而来。[1]

她是泸溪县的么？也不是。她是山东崂山的。

看了《湘行散记》，我很怕上了《灯》里那个青衣女子同样的当，把沈先生编的故事信以为真，特地上他家去核对一回，问他翠翠是不是绒线铺的女孩子。他的回答是：

我们（他和夫人张兆和）上崂山去，在汽车里看到出殡的，一个女孩子打着幡。我说：“这个我可以帮你写个小说。”

幸亏他夫人补充了一句：“翠翠的性格、形象，是绒线铺那个女孩子。”

沈先生还说：“我生平只看过那么一条渡船，在棉花坡。”那么，碧溪岨的渡船是从棉花坡移过来的。……棉花

① 见《湘行散记·老伴》。

坡离碧溪岨不远，但总还有一小距离。

读到这里，你会立刻想起鲁迅所说的脸在那里，衣服在那里的那段有名的话。是的，作家酝酿人物形象和故事情节是一个很复杂的过程。一九五七年，沈先生曾经跟我说过："我们过去写小说都是真真假假的，哪有现在这样都是真事的呢。"有一个诗人很欣赏"真真假假"这句话，说是这说明了创作的规律，也说明了什么是浪漫主义。翠翠，《边城》，都是想象出来的。然而必须有丰富的生活经验，积累了众多的印象，并加上作者的思想、感情和才能，才有可能想象得真实，以至把创造变得好像是报导。

沈从文善于写中国农村的少女。沈先生笔下的湘西少女不是一个，而是一串。

三三、夭夭、翠翠，她们是那样的相似，又是那样的不同。她们都很爱娇，但是各因身世不同，娇得不一样。三三生在小溪边的碾坊里，父亲早死，跟着母亲长大，除了碾坊小溪，足迹所到最远处只是堡子里的总爷家。她虽然已经开始有了一个少女对于"人生"的朦朦胧胧的神往，但究竟是个孩子，浑不解事，娇得有点痴。夭夭是个有钱的橘子园主人的幺姑娘，一家子都宠着她。她已经订了婚，未婚夫是个在城里读书的学生。她可以背了一个特别精致的背篓，到集市上去采购她所中意的东西，找高手银匠洗她的粗如手指的银练子。她能和地方上的小军官从容说话。她是个“黑里俏”，性格明朗豁达，口角伶俐。她很娇，娇中带点野。翠翠是个无父无母的孤雏，她也娇，但是娇得乖极了。

用文笔描绘少女的外形，是笨人干的事。沈从文画少女，主要是画她的神情，并把她安置在一个颜色美丽的背景上，一些动人的声音当中。

> ……为了住处两山多竹篁，翠色逼人而来，老船夫随便给这个可怜的孤雏，拾取了一个近身的名字，叫做翠翠。
>
> 翠翠在风日里长养着，把皮肤变得黑黑的，触目为青山绿水，一对眸子清明如水晶，自然既长养她且教育她。为人天真活泼，处处俨然如一只小兽物。人又那么乖，和山头黄麂一样，从不想到残忍事情，从不发愁，从不动气。平时在渡船上遇陌生人对她有所注意时，便把光光的眼睛瞅着那陌生人，作成随时都可举步逃入深山的神气，但明白了面前的人无机心后，就又从从容容来完成任务了。

风日清和的天气，无人过渡，镇日[①]长闲，祖父同翠翠便坐在门前大岩石上晒太阳，或把一段木头从高处向水中抛去，嗾[②]使身边黄狗从岩石高处跃下，把木头衔回来；或翠翠与黄狗皆张着耳朵，听祖父说些城中多年以前的战争故事；或祖父同翠翠两人，各把小竹作成的竖笛，逗在嘴边吹着迎亲送女的曲子，过渡人来了，老船夫放下了竹管，独自跟到船边去横溪渡人。在岩上的一个，见船开动时，于是锐声喊着：

"爷爷，爷爷，你听我吹，你唱！"

爷爷到溪中央于是很快乐的唱起来，哑哑的声音，振荡寂静的空气里，溪中仿佛也热闹了些。实则歌声的来复，反而使一切更加寂静。

篁竹、山水、笛声，都是翠翠的一部分，它们共同在你们心里造成这女孩子美的印象。

翠翠的美，美在她的性格。

《边城》是写爱情的，写中国农村的爱情，写一个刚刚进入青春期的农村女孩子的爱情。这种爱是那样的纯粹，那

① 意为整日、整天。

② 指使狗时发出的声音。

样不俗，那样像空气里小花、青草的香气，像风送来的小溪流水的声音，若有若无，不可捉摸，然而又是那样的实实在在，那样的真。这样的爱情叫人想起古人说得很好，但不大为人所理解的一句话：思无邪。

沈从文的小说往往是用季节的颜色、声音来计算时间的。

翠翠的爱情的发展是跟几个端午节联在一起的。

> 翠翠十五岁了。
>
> 端午节又快到了。
>
> 传来了龙船下水预习的鼓声。
>
> 蓬蓬鼓声掠水越山到了渡夫那里时，最先注意到的是那只黄狗。那黄狗汪汪的吠着，受了惊似的绕屋乱走；有人过渡时，便随船渡过河东岸去，且跑到那小山头向城里一方面大吠。
>
> 翠翠正坐在门外大石上用棕叶编蚱蜢蜈蚣玩，见黄狗先在太阳下睡着，忽然醒来便发疯似的乱跑，过了河又回来，就问它骂它：
>
> “狗，狗，你做什么！不许这样子！”
>
> 可是一会儿，那声音被她发现了，她于是也绕屋

跑着，且同黄狗一块儿渡过了小溪，站在小山头听了许久，让那点迷人的鼓声，把自己带到一个过去的节日里去。

两年前的一个节日里去。

作者这里用了倒叙。

两年前，翠翠才十三岁。

这一年的端午，翠翠是难忘的。因为她遇见了傩送。

翠翠还不大懂事。她和爷爷一同到茶峒城里去看龙船，爷爷走开了，天快黑了，看龙船的人都回家了，翠翠一个人等爷爷，傩送见了她，把她还当一个孩子，很关心地对她说了几句话，翠翠还误会了，骂了人家一句："你个悖时砍脑壳的！"及至傩送好心派人打火把送她回去，她才知道刚才那人就是出名的傩送二老，"记起自己先前骂人那句话，心里又吃惊又害羞，再也不说什么，默默地随了那火把走了。"到了家，"另外一件事，属于自己不关祖父的，却使翠翠沉默了一个夜晚。"这写得非常含蓄。

翠翠过了两个中秋，两个新年，但"总不如那个端午所经过的事甜而美"。

十五岁的端午不是翠翠所要的那个端午。"从祖父和那长年谈话里，翠翠听明白了二老是在下游六百里外沅水中部青浪滩过端午的。”未及见二老，倒见到大老天保。大老还送他们一只鸭子。回家时，祖父说：“顺顺真是好人，大方得很。大老也很好。这一家人都好！”翠翠说：“一家人都好，你认识他们一家人吗？”祖父不明白这句话的意思所在，聪明的读者是明白的。路上祖父说了假如大老请人来做媒的笑话，“翠翠着了恼，把火炬向路两旁乱晃着，向前快快的走去了。”

“翠翠，莫闹，我摔到河里去了，鸭子会走脱的！”

“谁也不希罕那只鸭子！”

翠翠向前走去，忽然停住了发问：

“爷爷，你的船是不是正在下青浪滩呢？”

这一句没头没脑的问话，说出了这女孩子的心正在飞向什么所在。

端午又来了。翠翠长大了，十六了。

翠翠和爷爷到城里看龙船。

未走之前，先有许多曲折。祖父和翠翠在三天前业已预先约好，祖父守船，翠翠同黄狗过顺顺吊脚楼去看热闹。翠翠先不答应，后来答应了。但过了一天，翠翠又翻悔，以为要看两人去看，要守船两人守船。初五大早，祖父上城买办过节的东西。翠翠独自在家，看看过渡的女孩子，唱唱歌，心上浸入了一丝儿凄凉。远处鼓声起来了，她知道绘有朱红长线的龙船这时节已下河了。细雨下个不止，溪面一片烟。将近吃早饭时节，祖父回来了，办了节货，却因为到处请人喝酒，被顺顺把个酒葫芦扣下了。正像翠翠所预料的那样，酒葫芦有人送回来了。送葫芦回来的是二老。二老向翠翠说："翠翠，吃了饭，和你爷爷到我家吊脚楼上去看划船吧？"翠翠不明白这陌生人的好意，不懂得为什么一定要到他家中去看船，抿着小嘴笑笑。到了那里，祖父离开去看一个水碾子。翠翠看见二老头上包着红布，在龙船上指挥，心中便印着两年前的旧事。黄狗不见了，翠翠便离了座位，各处去寻她的黄狗。在人丛中却听到两个不相干的妇人谈话。谈的是砦子上王乡绅想把女儿嫁给二老，用水碾子作陪嫁。二老喜欢一个撑渡船的。翠翠脸发火烧。二老船过吊脚楼，失足落水，爬起来上岸，一见翠翠就说："翠翠，你来了，爷爷也来了吗？"翠翠脸还发烧，不便作声，心想："黄狗跑到什么地方去了呢？"二老又说："怎不到我家楼上去看呢？我已经要人替你弄了个好位子。"翠翠心想："碾坊陪嫁，希奇事情咧。"翠翠到河下时，小小心腔中充满一种说不分明的东西。翠翠锐声叫黄狗，黄狗扑下水中，向翠翠方面泅来。到身边时，身上全是水。翠翠说："得了，狗，装什么疯！你又不翻船，谁要你落水呢？"爷爷来了，说了点疯话。爷爷说："二老捉得鸭子，一定又会送给我们的。"话不及说完，二老来了，站在翠翠面前微微笑着。翠翠也不由不抿着嘴微笑着。

顺顺派媒人来为大老天保提亲，祖父说得问问翠翠。祖父叫翠翠，翠翠拿了一簸箕豌豆上了船。"翠翠，翠翠，先前那个人来作什么，你知道不知道？"翠翠说："我不知道。"说后脸同脖颈全红了。翠翠弄明白了，人来做媒的是大老！不曾把头抬起，心忡忡地跳着，脸烧得厉害，仍然剥她的豌豆，且随手把空豆荚抛到水中去，望着它们在流水中从从容容流去。自己也俨然从容了许多。又一次，祖父说了个笑话，说大老请保山来提亲，翠翠那神气不愿意；假若那个人还有个兄弟，想来为翠翠唱歌，攀交情，翠翠将怎么说。翠翠吃了一惊，勉强笑着，轻轻的带点恳求的神气说："爷爷，莫说这个笑话吧。"翠翠说："看天上的月亮，那么大！"说着出了屋外，便在那一派清光的露天中站定。

…………

有个女同志，过去很少看过沈从文的小说，看了《边城》提出了一个问题："他怎么能把女孩子的心捉摸得那么透，把一些细微曲折的地方都写出来了？这些东西我们都是有过的，——沈从文是个男的。”我想了想，只好说：“曹雪芹也是个男的。”

沈先生在给我们上创作课的时候，经常说的一句话，是：“要贴到人物来写。”他还说：“要滚到里面去写。”他的话不太好懂。他的意思是说：笔要紧紧地靠近人物的感情、情绪，不要游离开，不要置身在人物之外。要和人物同呼吸，共哀乐，拿起笔来以后，要随时和人物生活在一起，除了人物，什么都不想，用志不纷[①]，一心一意。

首先要有一颗仁者之心，爱人物，爱这些女孩子，才能体会到她们许多飘飘忽忽的，跳动的心事。

祖父也写得很好。这是一个古朴、正直、本分、尽职的老人。某些地方，特别是为孙女的事进行打听、试探的时候，又有几分狡猾，狡猾中仍带着妩媚。主要的还是写了老人对这个孤雏的怜爱，一颗随时为翠翠而跳动的心。

黄狗也写得很好。这条狗是这一家的成员之一，它参与了他们的全部生活，全部的命运。一条懂事的、通人性的狗。——沈从文非常善于写动物，写牛、写小猪、写鸡，写

① 意为一心不二用。

这些农村中常见的，和人一同生活的动物。

大老、二老、顺顺都是侧面写的，笔墨不多，也都给人留下颇深的印象。包括那个杨马兵、毛伙，一个是一个。

沈从文不是一个雕塑家，他是一个画家，一个风景画的大师。他画的不是油画，是中国的彩墨画，笔致疏朗，着色明丽。

沈先生的小说中有很多篇描写湘西风景的，各不相同。《边城》写酉水：

> 那条河水便是历史上知名的酉水，新名字叫做白河。白河下游到辰州与沅水汇流后，便略显浑浊，有出山泉水的意思。若溯流而上，则三丈五丈的深潭，清澈见底。深潭中为白的所映照，河底小小白石子，有花纹的玛瑙石子，全看得明明白白。水中游鱼来去，全如浮在空气里。两岸多高山，山中多可以造纸的细竹，长年作深翠颜色，逼人眼目。近水人家多在桃杏花里，春天时只需注意，凡有桃花处必有人家，凡有人家处必可沽酒。夏天则晒晾在日光下耀目的紫花布衣裤，可以作为人家所在的旗帜。秋冬来时，酉水中游如王村、岔菜、

保靖，里邪和许多无名山村。人家房屋在悬崖上的，滨水的，无不朗然入目。黄泥的墙，乌黑的瓦，位置却那么妥贴，且与四周环境极其调和，使人迎面得到的印象，实在非常愉快。

描写风景，是中国文学的一个悠久传统。晋宋时期形成山水诗。吴均的《与朱元思书》是写江南风景的名著。柳宗元的《永州八记》，苏东坡、王安石的许多游记，明代的袁氏兄弟、张岱，这些写风景的高手，都是会对沈先生有启发的。就中沈先生最为钦佩的，据我所知，是郦道元的《水经注》。

古人的记叙虽可资借鉴，主要还得靠本人亲自去感受，养成对于形体、颜色、声音，乃至气味的敏感，并有一种特殊的记忆力，能把各种印象保存在记忆里，要用时即可移到纸上。沈先生从小就爱各处去看，去听、去闻嗅。“我的心总得为一种新鲜声音，新鲜颜色、新鲜气味而跳。”（《从文自传》）

雨后放晴的天气，日头炙到人肩上、背上已有了点力量。溪边芦苇水杨柳，菜园中菜蔬，莫不繁荣滋茂，带着一种有野性的生气。草丛里绿色蚱蜢各处飞着，翅膀搏动空气时嘈嘈作声。枝头新蝉声音虽不成腔，却也渐渐宏大。两山深翠逼人的竹篁中，有黄鸟和竹雀、杜鹃交逼鸣叫。翠翠感觉着，望着，听着，同时也思索着……

这是夏季的白天。

月光如银子，无处不可照及，山上竹篁在月光下变成一片黑色。身边草丛中虫声繁密如落雨，间或不知从什么地方，忽然会有一只草莺“嗒嗒嗒嗒嘘！”转着它的喉咙，不久之间，这小鸟儿又好像明白这是半夜，不应当那么吵闹，便仍然闭着那小小眼儿安睡了。

这是夏天的夜。

小饭店门前长案上常有煎得焦黄的鲤鱼豆腐，身上装饰了红辣椒丝，卧在浅口杯子里，钵旁大竹筒中插着大把朱红筷子……

这是多么热烈的颜色！

> 到了买杂货的铺子里，有大把的粉条，大缸的白糖，有炮仗，有红蜡烛，莫不给翠翠一种很深的印象，回到祖父身边，总把这些东西说个半天。

粉条、白糖、炮仗、蜡烛，这都是极其常见的东西，然而它们配搭在一起，是一幅对比鲜明的画。

> 天已经快夜，别的雀子似乎都休息了，只杜鹃叫个不息，石头泥土为白日晒了一整天，草木为白日晒了一整天，到这时节各放散一种热气。空气中有泥土气味，有草木气味，还有各种甲虫气味。翠翠看着天上的红云，听着渡口飘响生意人的杂乱声音，心中有些儿薄薄的凄凉。

甲虫气味大概还没有哪个诗人在作品里描写过！

曾经有人说沈从文是个文体家。

沈先生曾有意识地试验过各种文体。《月下小景》叙事重复铺张，有意模仿六朝翻译的佛经，语言也多四字为句，近似偈语。《神巫之爱》的对话让人想起《圣经》的《雅歌》和沙孚[1]的情诗。他还曾用骈文写过一个故事。其他小说中也常有骈偶的句子，如“凡有桃花处必有人家，凡有人家处必可沽酒”，“地方象茶馆却不卖茶，不是烟馆却可以抽烟”。但是通常所用的是他的“沈从文体”。这种“沈从文体”用他自己的话，就是“充满泥土气息”和“文白杂糅”[2]。他的语言有一些是湘话，还有他个人的口头语，如“即刻”“照例”之类。他的语言里有相当多的文言成分……文言的词汇和文言的句法。问题是他把家乡话与普通话，文言和口语配置在一起，十分调和，毫不“格生[3]”，这样就形成了沈从文自己的特殊文体。他的语言是从多方面吸取的。间或有一些当时的作家都难免的欧化的句子，如“……的我”，但极少。大部分语言是具有民族特点的。就中写人叙事简洁处，受《史记》《世说新语》的影响不少。他的语言是朴实的，朴实而有情致；流畅的，流畅而清晰。这种朴实，来自于雕琢；这种流畅，来自于推敲。他很注意

① 今译萨福（约前六三〇～约前五六〇），古希腊女诗人。

② 见《沈从文小说选集·题记》，北京：人民文学出版社，一九五七年。

③ 意为不对路、不配套、不协调。

语言的节奏感，注意色彩，也注意声音。他从来不用生造的，谁也不懂的形容词之类，用的是人人能懂的普通词汇。但是常能对于普通词汇赋予新的意义。比如《边城》里两次写翠翠拉船，所用字眼不同。一次是：

> 有时过渡的是从川东过茶峒的小牛，是羊群，是新娘子的花轿，翠翠必争着作渡船夫，站在船头，懒懒的攀引缆索，让船缓缓的过去。

又一次是：

> 翠翠斜睨了客人一眼，见客人正盯着她，便把脸背过去，抿着嘴儿，不声不响，很自负的拉着那条横缆。

“懒懒的”，“很自负的”都是很平常的字眼，但是没有人这样用过，用在这里，就成了未经人道语了。尤其是“很自负的”。你要知道，这“客人”不是别个，是傩送二老呀，于是“很自负的”。就有了很多很深的意思。这个词用在这里真是最准确不过了！

沈先生对我们说过语言的唯一标准是准确（契诃夫也说

过类似的意思）。所谓“准确”，就是要去找，去选择。一去比较也许你相信这是“妙手偶得之”，但是我更相信这是“梦里寻他千百度，蓦然回首，那人却在灯火阑珊处”。

《边城》不到七万字，可是整整写了半年。这不是得来全不费功夫。沈先生常说：人做事要耐烦。沈从文很会写对话。他的对话都没有什么深文大义，也不追求所谓“性格化的语言”，只是极普通的说话。然而写得如闻其声，如见其人。比如端午之前，翠翠和祖父商量谁去看龙船：

见祖父不再说话，翠翠就说：“我走了，谁陪你？”

祖父说：“你走了，船陪我。”

翠翠把一对眉毛皱拢去苦笑着，“船陪你，嗨，嗨，船陪你。爷爷，你真是，只有这只宝贝船！”

比如黄昏来时，翠翠心中无端端地有些薄薄的凄凉，一个人胡思乱想，想到自己下桃源县过洞庭湖，爷爷要拿把刀放在包袱里，搭下水船去杀了她！她被自己的胡想吓怕起来了。心直跳，就锐声喊她的祖父：

“爷爷，爷爷，你把船拉回来呀！”

请求了祖父两次，祖父还不回来，她又叫：

“爷爷，为什么不上来？我要你！”

有人说沈从文的小说不讲结构。

沈先生的某些早期小说诚然有失之散漫冗长的。《惠明》就相当散，最散的大概要算《泥涂》。但是后来的大部分小说是很讲结构的。他说他有些小说是为了教学需要而写的，为了给学生示范，“用不同方法处理不同问题”。这“不同方法”包括或极少用对话，或全篇都用对话（如《若墨医生》）等等，也指不同的结构方法。他常把他的小说改来改去，改的也往往是结构。他曾经干过一件事，把写好的小说剪成一条一条的，重新拼合，看看什么样的结构最好。他不大用“结构”这个词，常用的是“组织”“安排”，怎样把材料组织好，安排位置得更妥贴。他对结构的要求是：“匀称”。这是比表面的整齐更为内在的东西。一个作家在写一局部时要顾及整体，随时意识到这种匀称感。正如一棵树，一个枝子，一片叶子，这样长，那样长，都是必需的，有道理的。否则就如一束绢花，虽有颜色，终少生气。《边城》的结构是很讲究的，是完美地实现了沈先生所要求的匀称的，不长不短，恰到好处，不能增减一分。

有人说《边城》像一个长卷。其实像一套二十一开的册页，每一节都自成首尾，而又一气贯注。——更像长卷的是《长河》。

沈先生很注意开头，尤其注意结尾。

他的小说的开头是各式各样的。

《边城》的开头取了讲故事的方式：

> 由四川过湖南去，靠东有一条官路，这官路将近湘西边境，到了一个地方名叫“茶峒”的小小城时，有一小溪，溪边有座白色小塔，塔下住了一户单独的人家。这人家只一个老人，一个女孩子，一只黄狗。

这样的开头很朴素，很平易亲切，而且一下子就带起该文牧歌一样的意境。

汤显祖评董解元《西厢记》，论及戏曲的收尾，说“尾”有两种，一种是“度尾”，一种是“煞尾”。“度尾”如画舫笙歌，从远地来，过近地，又向远地去；“煞尾”如骏马收缰，忽然停住，寸步不移。他说得很好，收尾不外这两种。《边城》各章的收尾，两种兼见。

翠翠正坐在门外大石上用棕叶编蚱蜢蜈蚣玩，见黄狗先在太阳下睡觉，忽然醒来便发疯似的乱跑，过了河又回来，就问它骂它：

“狗，狗，你做什么！不许这样子！”

可是一会儿，那声音被她发现了，她于是也绕屋跑着，且同黄狗一块儿渡过了小溪，站在小山头听了许久，让那点迷人的鼓声，把自己带到一个过去的节日里去。

这是“度尾”。

……翠翠感觉着，望着，听着，同时也思索着：

“爷爷今年七十岁……三年六个月的歌——谁送那只白鸭子呢？……得碾子的好运气，碾子得谁更是好运气……。”

痴着，忽地站起，半簸箕豌豆便倾倒到水中去了。伸手把那簸箕从水中捞起时，隔溪有人喊过渡。

这是“煞尾”。

全文的最后，更是一个精彩的结尾：

到了冬天，那个圮坍了的白塔，又重新修好了。那个在月下歌唱，使翠翠在睡梦里为歌声把灵魂轻轻浮起的年青人，还不曾回到茶峒来。

这个人也许永远不回来了，也许明天回来。

七万字一齐收在这一句话上。故事完了，读者还要想半天。你会随小说里的人物对远人作无边的思念，随她一同盼望着，热情而迫切。

我有一次在沈先生家谈起他的小说的结尾都很好，他笑眯眯地说："我很会结尾。"

三十年来，作为作家的沈从文很少被人提起（这些年他以一个文物专家的资格在文化界占一席位），不过也还有少数人在读他的小说。有一个很有才华的小说家对沈先生的小说存着偏爱。他今年春节，温读了沈先生的小说，一边思索着一个问题：什么是艺术生命？他的意思是说：为什么沈先生的作品现在还有蓬勃的生命？我对这个问题也想了几天，最后还是从沈先生的小说里找到了答案，那就是《长河》里的天天所说的：

“好看的应该长远存在。”

现在，似乎沈先生的小说又受到了重视。出版社要出版沈先生的选集，不止一个大学的文学系开始研究沈从文了。这是好事。这是春天里的“百花齐放”的一种体现。这对推动创作的繁荣是有好处的，我想。

一九八〇年五月二十二日黎明写完。

又读《边城》[①]

请许我先抄一点沈先生写给三姐张兆和（我的师母）的信。

三三，我因为天气太好了一点，故站在船后舱看了许久水，我心中忽然好像澈悟了一些，同时又好像从这条河中得到了许多智慧。三三，的的确确，得到了许多智慧，不是知识。我轻轻地叹息了好些次。山头夕阳极感动我，水底各色圆石也极感动我，我心中似乎毫无什么渣滓，透明烛照，对河水，对夕阳，对拉船人同船，皆那么爱着，十分温暖地爱着！……我看到小小渔船，载了它的黑色鸬鹚向下流缓缓划去，看到石滩上拉船人的姿势，我皆异常感动且异常爱他们。……三三，我不

① 原载《读书》一九九三年第一期。初收《汪曾祺散文随笔选集》，沈阳：沈阳出版社，一九九三年六月。

知为什么，我感动得很！我希望活得长一点，同时把生活完全发展到我自己的这分工作上来。我会用自己的力量，为所谓人生，解释得比任何人皆庄严些与透入些！三三，我看久了水，从水里的石头得到一点平时好像不能得到的东西，对于人生，对于爱憎，仿佛全然与人不同了。我觉得惆怅得很，我总像看得太深太远，对于我自己，便成为受难者了，这时节我软弱得很，因为我爱了世界，爱了人类。三三，倘若我们这时正是两人同在一处，你瞧我眼睛湿到什么样子！

这是一封家书，是写给三三的“专利读物”，不是宣言，用不着装样子，做假，每一句话都是真诚的，可信的。

从这封信，可以理解沈先生为什么要写《边城》，为什么会写得这样美。因为他爱世界，爱人类。

从这里也可以得到对沈从文全部作品的理解。也许你会觉得这样的解释有点不着边际。不吧。

《边城》激怒了一些理论批评家，文学史家，因为沈从文没有按照他们的要求，他们规定的模式写作。

第一条罪名是《边城》没有写阶级斗争，“掏空了人物的阶级属性”。

是不是所有的作品都要写阶级斗争？

他们认为被掏空阶级属性的人物第一个大概是顺顺。他们主观先验地提高了顺顺的成分，说他是“水上把头”，是“龙头大哥”，是“团总”，恨不能把他划成恶霸地主才好。事实上顺顺只是一个水码头的管事。他有一点财产，财产只有“大小四只船”。他算个什么阶级？他的阶级属性表现在他有向上爬的思想，比如他想和王团总攀亲，不愿意儿子娶一个弄船的孙女，有点嫌贫爱富。但是他毕竟只是个水码头的管事，为人正直公平，德高望重，时常为人排难解纷，这样人很难把他写得穷凶极恶。

至于顺顺的两个儿子，天保和傩送，“向下行船时，多随了自己的船只充伙计，甘苦与人相共，荡桨时选最重的一把，背纤时拉头纤二纤”，更难说他们是“阶级敌人”。

针对这样的批评，沈从文作了挑战性的答复：“你们多知道要作品有‘思想’，有‘血’有‘泪’，且要求一个作品具体表现这些东西到故事发展上，人物言语上，甚至一本书的封面上，目录上。你们要的事多容易办！可是我不能给你们这个。我存心放弃你们……”

第二条罪名，与第一条相关联，是说《边城》写的是一个世外桃源，脱离现实生活。

《边城》是现实主义的还是浪漫主义的？《边城》有没有把现实生活理想化了？这是个非常叫人困惑的问题。

为什么这个小说叫做《边城》？这是个值得想一想的问题。

“边城”不只是一个地理概念，意思不是说这是个边地的小城。这同时是一个时间概念，文化概念。

“边城”是大城市的对立面。这是“中国另外一个地方另外一种事情”（《边城·题记》）。沈先生从乡下跑到大城市，对上流社会的腐朽生活，对城里人的“庸俗小气自私市侩”深恶痛绝，这引发了他的乡愁，使他对故乡尚未完全被现代物质文明所摧毁的淳朴民风十分怀念。

便是在湘西，这种古朴的民风也正在消失。沈先生在《长河·题记》中说：“一九三四年的冬天，我因事从北平回湘西，由沅水坐船上行、转到家乡凤凰县。去乡已十八年，一入辰河流域，什么都不同了。表面上看来，事事物物自然都有了极大进步，试仔细注意注意，便见出在变化中的堕落趋势。最明显的事，即农村社会所保有的那点正直朴素人情美，几几乎[1]快要消失无余，代替而来的却是近二十年实

① 意为几乎。

际社会培养成功的一种唯实唯利的人生观。”《边城》所写的那种生活确实存在过，但到《边城》写作时（一九三三—一九三四）已经几乎不复存在。《边城》是一个怀旧的作品，一种带着痛惜情绪的怀旧。《边城》是一个温暖的作品，但是后面隐伏着作者的很深的悲剧感。

可以说《边城》既是现实主义的，又是浪漫主义的，《边城》的生活是真实的，同时又是理想化了的，这是一种理想化了的现实。

为什么要浪漫主义，为什么要理想化？因为想留驻一点美好的，永恒的东西，让它长在，并且常新，以利于后人。

《从文小说习作选·代序》说：

> 这世界上或有想在沙基或水面上建造崇楼杰阁的人，那可不是我。我只想造希腊小庙。选山地作基础，用坚硬石头堆砌它。精致，结实，匀称，形体虽小而不纤巧，是我的理想的建筑。这庙里供奉的是“人性”。
>
> 我要表现的本是一种“人生的形式”，一种“优美，健康，自然，而又不悖乎人性的人生形式”。

喔！“人性”，这个倒霉的名词！

沈先生对文学的社会功能有他自己的看法，认为好的作品除了使人获得“真美感觉之外，还有一种引人‘向善’的力量……从作品中接触另外一种人生，从这种人生景象中有所启示，对人生或生命能作更深一层的理解。”（《小说的作者与读者》）沈先生的看法“太深太远”。照我看，这是文学功能的最正确的看法。这当然为一些急功近利的理论家所不能接受。

《边城》里最难写，也是写得最成功的人物，是翠翠。

翠翠的形象有三个来源。

一个是泸溪县绒线铺的女孩子。

> 我写《边城》故事时，弄渡船的外孙女，明慧温柔的品性，就从那绒线铺小女孩印象得来。（《湘行散记·老伴》）

一个是在青岛崂山看到的女孩子。

> 故事上的人物，一面从一年前在青岛崂山北九水看到的一个乡村女子，取得生活的必然……（《水云》）

这个女孩子是死了亲人，戴着孝的。她当时在做什么？据刘一友说，是在“起水”。金介甫说是“告庙”。“起水”是湘西风俗，崂山未必有。“告庙”可能性较大。沈先生在写给三姐的信中提到“报庙”，当即“告庙”。金文是经过翻译的，“报”“告”大概是一回事。我听沈先生说，是和三姐在汽车里看到的。当时沈先生对三姐说：“这个，我可以帮你写一个小说。”

另一个来源就是师母。

> 一面就用身边新妇作范本，取得性格上的朴素式样。（《水云》）

但这不是三个印象的简单的拼合，形成的过程要复杂得多。沈先生见过很多这样明慧温柔的乡村女孩子，也写过很多，他的记忆里储存了很多印象，原来是散放着的，崂山那个女孩子只是一个触机，使这些散放印象聚合起来，成了一个完完整整的形象，栩栩如生，什么都不缺。含蕴既久，一朝得之。这是沈先生的长时期的“思乡情结”茹养出来的一颗明珠。

翠翠难写，因为翠翠太小了（还过不了十六吧）。她是那样天真，那样单纯。小说是写翠翠的爱情的。这种爱情是那样纯净，那样超过一切世俗利害关系，那样的非物质。翠翠的爱情有个成长过程。总体上，是可感的，坚定的，但是开头是朦朦胧胧的，飘飘忽忽的。翠翠的爱是一串梦。

翠翠初遇傩送二老，就对二老有个难忘的印象。二老邀翠翠到他家去等爷爷，翠翠以为他是要她上有女人唱歌的楼上去，以为欺侮了她，就轻轻地说："你个悖时砍脑壳的！"后来知道那是二老，想起先前骂人的那句话，心里又吃惊又害羞。到家见着祖父，"另一件事，属于自己不关祖父的，却使翠翠沉默了一个夜晚。"

两年后的端午节，祖父和翠翠到城里看龙船，从祖父与长年的谈话里，听明白二老是在下游六百里外青浪滩过的端午。翠翠和祖父在回家的路上走着，忽然停住了发问："爷爷，你的船是不是正在下青浪滩呢？"这说明翠翠的心此时正在飞向谁边。

二老过渡，到翠翠家中做客。二老想走了，翠翠拉船。"翠翠斜睨了客人一眼，见客人正盯着她，便把脸背过去，抿着嘴儿，很自负的拉着那条横缆……""自负"二字极好。

翠翠听到两个女人说闲话，说及王团总要和顺顺打亲家，陪嫁是一座碾坊，又说二老不要碾坊，还说二老欢喜一个撑渡船的……翠翠心想：碾坊赔嫁，希奇事情咧。这些闲话使翠翠不得不接触到实际问题。

但是翠翠还是在梦里。傩送二老按照老船工所指出的“马路”，夜里去为翠翠唱歌。“翠翠梦中灵魂为一种美妙歌声浮起来，仿佛轻轻的各处飘着；上了白塔，下了菜园，到了船上，又复飞窜过悬崖半腰，——去作什么呢？摘虎耳草！”这是极美的电影慢镜头，伴以歌声。

事情经过许多曲折。

天保大老走“车路”不通，托人说媒要翠翠不成，驾油船下辰州，掉到茨滩淹坏了。

大雷大雨的夜晚，老船夫死了。

祖父的朋友杨马兵来和翠翠作伴，“因为两个必谈祖父以及这一家有关系的事情，后来便说到了老船夫死前的一切，翠翠因此明白了祖父活时所不提到的许多事，二老的唱歌，顺顺大儿子的死，顺顺父子对祖父的冷淡，中寨人用碾坊作陪嫁妆奁诱惑傩送二老，二老既记忆着哥哥的死亡，且因得不到翠翠理会，又被家中逼着接受那座碾坊，意思还在渡船，因此赌气下行，祖父的死因，又如何与翠翠有关……凡是翠翠不明白的事，如今可都明白了。翠翠把事情弄明后，哭了一个夜晚。”哭了一夜，翠翠长成大人了。迎面而来的，将是什么？

“我平常最会想象好景致，且会描写好景致。”（《湘行集·泊缆子湾》）。沈从文对写景可算是一个圣手。《边城》写景处皆十分精彩，使人如同目遇。小说里为什么要写景？景是人物所在的环境，是人物的外化，人物的一部分。景即人。且不说沈从文如何善于写景，只举一例，说明他如何善于写声音、气味：“天快夜了，别的雀子似乎都在休息了，只杜鹃叫个不息。石头泥土为白日晒了一整天，到这时节皆放散一种热气。空气中有泥土气味，有草木气味，且有甲虫气味。翠翠看着天上的红云，听着渡口飘来乡生意人的杂乱的声音，心中有些儿薄薄的凄凉。”有哪一个诗人曾经写过甲虫的气味？

《边城》的结构异常完美。二十一节，一气呵成；而各节又自成起讫，是一首一首圆满的散文诗。这不是长卷，是二十一开连续性的册页。

《边城》的语言是沈从文盛年的语言，最好的语言。既不似初期那样的放笔横扫，不加节制；也不似后期那样过事雕琢，流于晦涩。这时期的语言，每一句都“鼓立”饱满，充满水分，酸甜合度，像一篮新摘的烟台玛瑙樱桃。

《边城》，沈从文的小说，究竟应该在文学史上占一个什么地位？金介甫在《沈从文传》的引言中说：“可以设想，非西方国家的评论家包括中国的在内，总有一天会对沈从文作出公正的评价：把沈从文、福楼拜、斯特恩、普罗斯特[①]看成成就相等的作家。”总有一天，这一天什么时候来？

一九九二年十月二日

① 今译普鲁斯特（一八七一～一九二二），二十世纪法国最伟大的小说家之一，意识流文学大师。代表作《追忆似水年华》。

读《萧萧》[①]

我很喜欢这篇小说，觉得它写得好。但是好在哪里，又说不出。我把这篇小说反反复复看了好多遍，看得我的艺术感觉都发木了，还是说不出好在哪里。大概好的作品都说不出好在哪里。我只能随便说说。想到哪里说到哪里。

萧萧这个名字很美。沈先生喜欢给他的小说的女孩子起叠字的名字：三三、夭夭、翠翠。“萧萧”也许有点寓意，让人想到“无边落木萧萧下”。中国妇女的一生，也就像树叶一样，绿了一些时候，随即飘落了。比比皆是，无可奈何。但也许没有什么寓意，只是随便拾取一个名字。不过是很美的。沈先生给这个女孩子起这样一个美丽的名字。说明他对这个女孩子是很喜欢的，很有感情的。

《萧萧》写的是一个童养媳的故事。提起童养媳，总给

① 原载《小说家》一九九一年第一期。初收《汪曾祺全集》第五卷，北京：北京师范大学出版社，一九九八年版。

人一个悲惨的印象。挨公婆的打骂，吃不饱，做很重的活。尤其痛苦的是和丈夫年龄的悬殊。中国民歌涉及妇女生活最多的是寡妇，其次便是童养媳。守着一个小丈夫，白耗了自己的青春。有的民歌里唱道：“不是看在公婆的面，一脚踢你下床去。”有的民歌想到等到丈夫成年，自己已经老了。这是一个极不合理的制度。但是《萧萧》的命运并不悲惨，简直是一个有点曲折的小小喜剧。

萧萧做媳妇时年纪十一岁，有个小丈夫，年纪还不到三岁。十五岁时被一个叫花狗的长工引诱，做了一点糊涂事，怀了孕，被家里知道了，要卖到远处去，但没有主顾。次年二月，萧萧生了一个儿子。生下的既是儿子，萧萧不嫁别处了，到萧萧圆房时，儿子已经十岁。儿子名叫牛儿。牛儿十二岁也接了亲，媳妇年长六岁。萧萧生了第二个儿子，她抱了才满三月的小毛毛看热闹，同十年前抱丈夫一个样子。萧萧的生活平平常常。这种生活是被许多人，包括许多作家所忽略的。

作为萧萧生活的对比与反衬的，是女学生。小说中屡次提到女学生，这是随时出现，贯彻小说的全篇的。把女学生从小说里拿掉，小说就会显得单薄，甚至就不复存在。女学生牵动所有人物的感情，成为她们生活的重要内容。“女学生这东西，在本乡的确永远是奇闻。”“说来事事都稀奇古怪，和庄稼人不同，有的简直还可说岂有此理。”“女学生由祖父方面所知道的是这样一种人：‘她们穿衣服不管天气冷热，吃东西不问饥饱，晚上交到子时才睡觉，白天正经事全不作，只知唱歌打球，读洋书。她们都会花钱，一年用的钱可以买十六只水牛。她们在省里京里想往什么地方去时，不必走路，只要钻进一个大匣子中，那匣子就可以带她到地。城市中还有各种各样的大小不同匣子，都用机器开动。她们在学校，男女在一处上课读书，人熟了，就随意同那男子睡觉，也不要媒人，也不要财礼，名叫‘自由’……”祖父对女学生的认识似是而非，是从一个不知什么人的口中间接又间接地得知的，其中有许多他自己的想象，到了萧萧，就把这点想象更发展了。她“做梦也便常常梦到女学生，且梦到同这些人并排走路。仿佛也坐过那种自己会走路的匣子，她又觉得这匣子并不比自己跑路更快。在梦中那匣子的形体同谷仓差不多，里面还有小小灰色老鼠，眼珠子红红的，各处乱跑，有时钻到门缝里去，把个小尾巴露在外边。”在小说中，女学生意味着什么呢？这说明另一世界，另一阶级的人的生活同祖父、萧萧之间，存在多大的反差。女学生成天高唱的“自由”又离他们有多远。

沈先生对女学生的描述是颇为不敬的。这也难怪，脱离农村的现实，脱离经济基础，高喊进步的口号，是没有用的。沈先生在小说中说及这些人时，永远是嘲讽的态度。

这是一个偏僻、闭塞的乡下，如沈先生常说的中国的一角隅。偏僻闭塞并没有直接描写，是通过这里的人对城里人的荒唐想象来完成的。这里还停留在男耕女织，自给自足的自然经济状态（种瓜、绩麻、抛梭子织土机布）。这里的人还没有受到商品经济的影响，孔夫子对他们的影响也不大，因此人情古朴，单纯厚道。

萧萧非常单纯。“她是什么事也不知道，就做了人家的新媳妇了。”过门后，尽一个做姐姐的责任，日夜哄着弟弟（小丈夫）。花狗对她说“我全身无处不大”，她还不大懂这话的意思，只觉得憨而好笑。花狗对萧萧“生了另外一种心，萧萧有点明白了，常常觉得惶恐不安”，“平时不知道萧萧所在，花狗就站在高处唱歌逗萧萧身边的丈夫；丈夫小口一开，花狗穿山越岭就来到萧萧面前了。”“花狗想方法支使萧萧丈夫到远处去，便坐到萧萧身边来，要萧萧听他唱那使人开心红脸的歌。萧萧有时觉得害怕，不许丈夫走开；有时又像有了花狗在身边，打发丈夫走去反倒好一点。”对农村少女这点微妙心理，作者写得非常精细，非常准确，也非常有分寸。萧萧的恋爱（假如这可叫做恋爱）实无任何浪漫可言。花狗唱了许多歌，到后却向萧萧唱“娇家门前一重坡……”，她心里乱了，她要花狗对天赌咒，赌过了咒，“一切好像有了保障”，她就一切尽他了。事后，“才仿佛明白自己作了一点不大好的糊涂事”。她怀了孕，花狗逃走了，萧萧对他并没有什么扯不断的感情，只是丈夫常常提起几个月前被毛毛虫螫手（她做糊涂事那天丈夫被毛毛虫螫了）的旧话，使萧萧心里难过，她因此极恨毛毛虫，见了那小虫就想用脚去踹。这感情有点复杂。但很难说这是什么“情结”，很难用弗洛伊德来解释。

小说里一个活跃人物是祖父。祖父是个有趣人物，除了摆龙门阵学古，就是逗萧萧，几次和萧萧作关于女学生的近乎无意义的扯谈[①]，且喊萧萧不喊“小丫头”，不喊萧萧，却唤作“女学生”，在不经意中萧萧答应得很好。祖父是个好心肠的人，他很爱萧萧。

萧萧的伯父是个忠厚老实人。萧萧出事后，祖父想出个聪明主意，请萧萧本族人来说话。萧萧只有一个伯父，去请他时还以为是吃酒。到了才知道是这样丢脸的事，弄得这

① 意为拉杂交谈，没有主题地随便聊天。

老实忠厚的家长手足无措。伯父临走，萧萧拉着伯父衣角不放，只是幽幽的哭。“伯父摇了一会头，一句话不说。”寥寥几笔，就把一个老实种田人写出来了。

花狗也很难说是个坏人。他“面如其心，生长得不很正气”，但“花狗是男子，凡是男子的美德恶德都不缺少”，他“个子大，胆子小。个子大容易做错事，胆量小做了错事就想不出办法”。他把萧萧的肚子弄大了，不辞而行，可以说不负责任，但是除了一走了之，他能有什么办法呢?

沈先生的小说开头大都很精彩。一个比较常用的方法是用一个峭拔的短句作为一段，引出全篇。如：

> 把船停顿到岸边，岸是辰州的河岸。（《柏子》）
>
> 落了春雨，一共有七天，河水涨大了。（《丈夫》）

《萧萧》也用的是这方法：

> 乡下人吹唢呐接媳妇，到了十二月是成天会有的事情。

这个起头是反起。先写被铜锁锁在花轿里的新媳妇照例要在里面荷荷大哭[1]，然后一转，“也有做媳妇不哭的人，萧萧做媳妇就不哭。”“她又不害羞，又不怕。她是什么事也不知道，就做了人家的新媳妇了。”这样才能衬托出萧萧什么事也不知道。这以后，就是很“顺”的叙述，即基本上是按事情的先后顺序叙述的。这里没有什么“时空交错”。为什么叙述一定要交错呢？时空交错和这种古朴的生活是不相容的。

沈先生是长于写景的，但是这篇小说属于写景的只有一处：

> 夏夜光景说来如做梦。大家饭后坐到院中心歇凉，挥摇蒲扇，看天上的星同屋角的萤，听南瓜棚上纺织娘子咯咯咯拖长声音纺纱，远近声音繁密如落雨，禾花风翛翛吹到脸上……

恬静的，无忧无虑的夏夜。这是萧萧所生活的环境，并且也才适于引出祖父关于女学生的话来。小说对话很少，不多的对话有两段，都是在祖父和萧萧之间进行的。说这是

---

① 意为号啕大哭。荷荷，象声词，形容哭声。

“近乎无意义的扯谈”，是说这些对话无深意，完全没有什么思想，更无所谓哲理，但对表现祖父的风趣慈祥和萧萧的浑朴天真，是很有必要的。并且这烘托出小说的亲切气氛。

小说穿插了三首湘西四句头山歌。这三首山歌在沈先生别的小说里也出现过，但是用在这里很熨贴。

这篇小说的语言是非常、非常朴素的。所有的叙述语言都和环境、人物相协调，尽量不用城里人的语言。比如对萧萧，不用“天真”“浑浑噩噩”这类的字眼，只是说：“萧萧十五岁时已高如成人，心却还是一颗糊糊涂涂的心。”语言中处处不乏发自爱心的温暖的幽默（照先生的习惯，是“谐趣”）。

新媳妇“像做梦一样，将同一个陌生男子汉在一个床上睡觉，做着承宗接祖的事情。这些事想起来，当然有些害怕，所以**照例觉得要哭哭**，**于是就哭了**。”

萧萧嫁过了门，……“风里雨里过日子，像一株在园角落不为人注意的蓖麻，大叶大枝，日增茂盛，这小女人简直是**全不为丈夫设想**那么似的，一天比一天长大起来了。”

“丈夫早断了奶。婆婆有了新儿子，这五岁儿子就像归萧萧独有了。不论做什么，走到什么地方去，丈夫总跟在身边。丈夫有些方面很怕她，当她如母亲，不敢多事。他们俩实在感情不坏。”

家中明白“这个十年后预备给小丈夫生儿子继香火的萧萧肚子已被另一个人抢先下了种。这在一家人生活中真是了不得的一件大事！一家人的平静生活为这件新事全弄乱了。生气的生气，流泪的流泪，骂人的骂人，各按本分乱下去”。这个“各按本分”真是绝妙！

“丈夫知道了萧萧肚子中有儿子的事情，又知道因为这样萧萧才应当嫁到远处去。但是丈夫并不愿意萧萧去，萧萧自己也不愿意去。大家全莫名其妙，只是照规矩像逼到要这样做，不得不做。”

小说的结尾急转直下，完全是一个喜剧：

> 萧萧次年二月间，十月满足，坐草[①]生了一个儿子，团头大眼，声响洪壮。大家把母子二人，照料得好好的，照规矩吃蒸鸡同江米酒补血，烧纸谢神，一家人都喜欢那儿子。
>
> 生下的既是儿子，萧萧不嫁别处了。
>
> 到萧萧正式同丈夫拜堂圆房时，儿子已经年纪十

① 意为临产、分娩。

岁，有了半劳动力，能看牛割草，成为家中生产者一员了。平时喊萧萧丈夫做大叔，大叔也答应，从不生气。

这儿子名叫牛儿。牛儿十二岁时也接了亲，媳妇年长六岁。媳妇年纪大，方能诸事作帮手，对家中有帮助。唢呐到门前时，新娘在轿中呜呜的哭着，忙坏了那个祖父，曾祖父。

但是，在喜剧的后面，在谐趣的微笑的后面，你有没觉察到沈从文先生隐藏着的悲哀？

一九九〇年九月二十四日

沈从文的寂寞——浅谈他的散文[①]

一九八一年湖南人民出版社出了沈先生的散文选。选集中所收文章，除了一篇《一个传奇的本事》、一篇《张八寨二十分钟》，其余的《从文自传》《湘行散记》《湘西》，都是三十年代写的。沈先生写这些文章时才三十几岁，相隔已经半个世纪了。我说这些话，只是点明一下时间，并没有太多感慨。四十年前，我和沈先生到一个图书馆去，站在一架一架的图书面前，沈先生说："看到有那么多人写了那么多书，我真是什么也不想写了！"古往今来，那么多人写了那么多书，书的命运，盈虚消长，起落兴衰，有多少道理可说呢。不过一个人被遗忘了多年，现在忽然又来出他的书，

①. 原载《读书》一九八四年第八期，又载《中国现代文学研究丛刊》一九八五年第二期，为《沈从文散文选》（湖南人民出版社，一九八二年版）序言。初收《晚翠文谈》，杭州：浙江文艺出版社，一九八八年三月。

总叫人不能不想起一些问题。这有什么历史的和现实的意义？这对于今天的读者——主要是青年读者的品德教育、美感教育和语言文字的教育有没有作用？作用有多大？……

这些问题应该由评论家、文学史家来回答。我不想回答，也回答不了。我是沈先生的学生，却不是他的研究者（已经有几位他的研究者写出了很好的论文）。我只能谈谈读了他的散文后的印象。当然是很粗浅的。

文如其人。有几篇谈沈先生的文章都把他的人品和作品联系起来。朱光潜先生在《花城》上发表的短文就是这样。这是一篇好文章。其中说到沈先生是寂寞的，尤为知言[①]。我现在也只能用这种办法。沈先生用手中一支笔写了一生，也用这支笔写了他自己。他本人就像一个作品，一篇他自己所写的作品那样的作品。

我觉得沈先生是一个热情的爱国主义者，一个不老的抒情诗人，一个顽强的不知疲倦的语言文字的工艺大师。

这真是一个少见的热爱家乡、热爱土地的人。他经常来往的是家乡人，说的是家乡话，谈的是家乡的人和事。他不止一次和我谈起棉花坡的渡船；谈起枫树坳，秋天，满城

---

① 意为有见识的话。

飘舞着枫叶。八一年他回凤凰一次，带着他的夫人和友人看了他的小说里所写过的景物，都看到了，水车和石碾子也终于看到了，没有看到的只是那个大型榨油坊。七十九岁的老人，说起这些，还像一个孩子。他记得的那样多，知道的那样多，想过的那样多，写了的那样多，这真是少有的事。他自己说他最满意的小说是写一条延长[①]千里的沅水边上的人和事的。选集中的散文更全部是写湘西的。这在中国的作家里不多，在外国的作家里也不多。这些作品都是有所为而作的。

沈先生非常善于写风景。他写风景是有目的的。正如他自己所说：

> 一首诗或者仅仅二十八个字，一幅画大小不过一方尺，留给后人的印象，却永远是清新壮丽，增加人对于祖国大好河山的感情。（《张八寨二十分钟》）

风景不殊，时间流动。沈先生常在水边，逝者如斯，他经常提到的一个名词是“历史”。他想的是这块土地，这个

---

① 意为绵延、连绵。

民族的过去和未来。他的散文不是晋人的山水诗，不是要引人消沉出世，而是要人振作进取。

读沈先生的作品常令人想起鲁迅的作品，想起《故乡》《社戏》（沈先生最初拿笔，就是受了鲁迅以农村回忆的题材的小说的影响，思想上也必然受其影响）。他们所写的都是一个贫穷而衰弱的农村。地方是很美的，人民勤劳而朴素，他们的心灵也是那样高尚美好，然而却在一种无望的情况中辛苦麻木地生活着。鲁迅的心是悲凉的。他的小说就混和着美丽与悲凉。湘西地方偏僻，被一种更为愚昧的势力以更为野蛮的方式统治着。那里的生活是“怕人[①]”的，所出的事情简直是离奇的。一个从这种生活里过来的青年人，跑到大城市里，接受了五四以来的民主思想，转过头来再看那里的生活，不能不感到痛苦。《新与旧》里表现了这种痛苦，《菜园》里表现了这种痛苦。《丈夫》《贵生》里也表现了这种痛苦。他的散文也到处流露了这种痛苦。土著军阀随便地杀人，一杀就是两三千。刑名师爷随便地用红笔勒那么一笔，又急忙提着长衫，拿着白铜水烟袋跑到高坡上去欣赏这种不雅观的游戏。卖菜的周家幺妹被一个团长抢去了。

---

① 意为让人感到可怕。

“小婊子”嫁了个老烟鬼。一个矿工的女儿，十三岁就被驻防军排长看中，出了两块钱引诱破了身，最后咽了三钱烟膏，死掉了。……说起这些，能不叫人痛苦？这都是谁的责任？“浦市地方屠户也那么瘦了，是谁的责任？”——这问题看似提得可笑，实可悲。便是这种诙谐语气，也是从一种无可奈何的痛苦心境中发出的。这是一种控诉。在小说里，因为要“把道理包含在现象中”，控诉是无言的。在散文中有时就明明白白地说了出来。“读书人的同情，专家的调查，对这种人有什么用？若不能在调查和同情以外有一个‘办法’，这种人总永远用血和泪在同样情形中打发日子。地狱俨然就是为他们而设的。他们的生活，正说明‘生命’在无知与穷困包围中必然的种种。”（《辰溪的煤》）沈先生是一个不习惯于大喊大叫的人，但这样的控诉实不能说是十分“温柔敦厚”。不知道为什么他的这些话很少有人注意。

沈从文不是一个悲观主义者。个人得失事小，国家前途事大。他曾经明确提出：“民族兴衰，事在人为。”就在那样黑暗腐朽（用他的说法是“腐烂”）的时候，他也没有丧失信心。他总是想激发青年的自尊心和自信心。“在事业上有以自现，在学术上有以自立。”他最反对愤世嫉俗，玩世不恭。在昆明，他就跟我说过："千万不要冷嘲。"一九四六年，我到上海，失业，曾想过要自杀，他写了一封长信把我大骂了一通，说我没出息，信中又提到"千万不要冷嘲"。他在《长河·题记》中说："横在我们面前的许多事都使人痛苦，可是却不用悲观。社会还正在变化中，骤然而来的风风雨雨，说不定把许多人的高尚理想，卷扫摧残，弄得无踪无迹。然而一个人对于人类前途的热忱，和工作的虔敬态度，是应当永远存在，且必然能给后来者以极大鼓励的！"事情真奇怪，沈先生这些话是一九四二年说的，听起来却好像是针对"文化大革命"而说的。我们都经过那十年"痛苦怕人"的生活，国家暂时还有许多困难，有许多问题待解决。有一些青年，包括一些青年作家，不免产生冷嘲情绪，觉得世事一无可取，也一无可为。你们是不是可以听听一个老作家四十年前所说的这些很迂执的话呢？

我说这些话好象有点岔了题。不过也还不是离题万里。我的目的只是想说说沈先生的以民族兴亡为己任的爱国热情。

沈先生关心的是人，人的变化，人的前途。他几次提家乡人的品德性格被一种"大力"所扭曲、压扁。"去乡已十八年，一入辰河流域，什么都不同了。表面上看来，事事物物自然都有了极大进步，试仔细注意注意，便见出在变化中的一种堕落趋势。最明显的事，即农村社会所保有那点正直朴素的人情美，几乎快要消失无余，代替而来的却是近二十年实际社会培养成功的一种唯实唯利的庸俗人生观。敬鬼神畏天命的迷信固然已经被常识所摧毁，然而做人时的义利取舍是非辨别也随同泯没了。”（《长河·题记》）他并没有想把时间拉回去，回到封建宗法社会，归真返朴。他明白，那是不可能的。他只是希望能在一种新的条件下，使民族的热情、品德、那点正直朴素的人情美能够得到新的发展。他在回忆了划龙船的美丽情景后，想到“我们用什么方法，就可使这些人心中感觉一种对‘明天’的‘惶恐’，且放弃过去对自然的和平态度，重新来一股劲儿，用划龙船的精神活下去？这些人在娱乐上的狂热，就证明这种狂热能换个方向，就可使他们还配在世界上占据一片土地，活得更愉快更长久一些。不过有什么方法，可以改造这些人的狂热到一件新的竞争方面去，可是个费思索的问题。”（《箱子岩》）“希望到这个地面上，还有一群精悍结实的青年，来驾驭钢铁征服自然，这责任应当归谁？”——“一时自然不会得到任何结论。”他希望青年人能活得“庄严一点，合理一点”，这当然也只是“近乎荒唐的理想”。不过他总是希望着。

他把希望寄托在几个明慧温柔，天真纯粹的小儿女身上。寄托在翠翠身上，寄托在《长河》里的三姊妹身上，也寄托在“一个多情水手与一个多情妇人”身上。——这是一篇写得很美的散文。牛保和那个不知名字的妇人的爱，是一种不正常的爱（这种不正常不该由他们负责），然而是一种非常淳朴真挚，非常美的爱。这种爱里闪耀着一种悠久的民族品德的光。沈先生在《长河·题记》中说：“在《边城·题记》上，曾提起一个问题，即拟将‘过去’和‘当前’对照，所谓民族品德的消失与重造，可能从什么地方着手。《边城》中人物的正直和热情，虽然已经成为过去陈迹了，应当还保留些本质在年轻人的血里或梦里，相宜环境中，即可重新燃起年轻人的自尊心和自信心。”提起《边城》和沈先生的许多其他作品，人们往往愿意和“牧歌”这个词联在一起。这有一半是误解。沈先生的文章有一点牧歌的调子，所写的多涉及自然美和爱情，这也有点近似牧歌。但就本质来说，和中世纪的田园诗不是一回事，不是那样恬静无为。有人说《边城》写的是一个世外桃源，更全部是误解（沈先生在《桃源与沅州》中就把来到桃源县访幽探胜的“风雅”人狠狠地嘲笑了一下）。《边城》（和沈先生的其他作品）不是挽歌，而是希望之歌。民族品德会回来么？

这个人也许永远不回来了，也许明天回来！

回来了！你看看张八寨那个弄船女孩子！

令我显得慌张的，并不是渡船的摇动，却是那个站在船头、嘱咐我不必慌张、自己却从从容容在那里当家作事的弄船女孩子。我们似乎相熟又十分陌生。世界上就真有这种巧事，原来她比我二十四年[①]写到的一个小说中人翠翠，虽晚生十来岁，目前所处环境却仿佛相同，同样在这么青山绿水中摆渡，青春生命在慢慢长成。不同处是社会变化大，见世面多，虽对人无机心，而对自己生存却充满信心。一种“从劳动中得到快乐增加幸福成功”的信心。这也正是一种新型的乡村女孩子共同的特征。目前一位有一点与众不同，只是所在背景环境。

沈先生的重造民族品德的思想，不知道为什么，多年来

① 即民国二十四年，一九三五年。

不被理解。“我作品能够在市场上流行，实际上近于买椟还珠，你们能欣赏我故事的清新，照例那作品背后蕴藏的热情却忽略了，你们能欣赏我文字的朴实，照例那作品背后隐伏的悲痛也忽略了。”“寄意寒星荃不察”，沈先生不能不感到寂寞。他的散文里一再提到屈原，不是偶然的。

寂寞不是坏事。从某个意义上，可以说寂寞造就了沈从文。寂寞有助于深思，有助于想象。“我有我自己的生活与思想，可以说是皆从孤独中得来的。我的教育，也是从孤独中得来的。”他的四十本小说，是在寂寞中完成的。他所希望的读者，也是“在多种事业里低头努力，很寂寞的从事于民族复兴大业的人。”（《长河·题记》）安于寂寞是一种美德。寂寞的人是充实的。

寂寞是一种境界，一种很美的境界。沈先生笔下的湘西，总是那么安安静静的。边城是这样，长河是这样，鸭窠围、杨家岨也是这样。静中有动，静中有人。沈先生擅长用一些颜色、一些声音来描绘这种安静的诗境。在这方面，他在近代散文作家中可称圣手。

> 黑夜占领了全个河面时，还可以看到木筏上的火

光，吊脚楼窗口的灯光，以及上岸下船在河岸大石间飘忽动人的火炬红光。这时节岸上船上都有人说话，吊脚楼上且有妇人在黯淡灯光下唱小曲的声音，每次唱完一支小曲时，就有人笑嚷。什么人家吊脚楼下有匹小羊叫，固执而且柔和的声音，使人听来觉得忧郁。

这些人房子窗口既一面临河，可以凭了窗口呼喊河下船中人，当船上人过了瘾，胡闹已够，下船时，或者尚有些事情嘱托，或者其他原因，一个晃着火炬停顿在大石间，一个便凭立在窗口，“大老你记着，船下行时又来！”“好，我来的，我记着的。”“你见了顺顺就说：‘会呢，完了；孩子大牛呢，脚膝骨好了；细粉带三斤，冰糖或片糖带三斤。’”“记得到，记得到，大娘你放心，我见了顺顺大爷就说：‘会呢，完了。大牛呢，好了。细粉来三斤，冰糖来三斤。’”“杨氏，杨氏，一共四吊七，莫错账！”“是的，放心呵，你说四吊七就四吊七，年三十夜莫会多要你的！你自己记着就是了。”这样那样的说着，我一一都可听到，而且一面还可以听着在黑暗中某一处咩咩的羊鸣。（以上引自《鸭窠围的夜》）

真是如闻其声。这样的河上河下喊叫着的对话，我好像在别一处[1]也曾听到过。这是一些多么平常琐碎的话呀，然而这就是人世的生活。那只小羊固执而柔和地叫着，使沈先生不能忘记，也使我多年不能忘记，并且如沈先生常说的，一想起就觉得心里“很软”。

不多久，许多木筏皆离岸了，许多下行船也拔了锚，推开篷，着手荡桨摇橹了。我卧在船舱中，就只听到水面人语声，以及橹桨激水声，与橹桨本身被扳动时咿咿哑哑声。河岸吊脚楼上妇人在晓气迷濛中锐声的喊人，正好同音乐中的笙管一样，超越众声而上。河面杂声的综合，交织了庄严与流动，一切真是一个圣境。

岸上吊脚楼前枯树边，正有两个妇人，穿了毛蓝布衣服，不知商量些什么，幽幽的说着话。这里雪已极少，山头皆裸露作深棕色，远山则为深紫色。地方静得很，河边无一只船，无一个人，一堆柴。只不知河边某一个大石后面有人正在捶捣衣服，一下一下的捣。对河也有人说话，却看不清楚人在何处。（以上引自《一个

① 即别处。

多情水手与一个多情妇人》）

“空山不见人，但闻人语响”，“竹喧归浣女，莲动下渔舟”，静中有动，以动为静，这是中国文学的一个长久的传统。但是这种境界只有一个摆脱浮世的营扰，习惯于寂寞的人方能于静观中得之。齐白石云：“白石老人心闲气静时一挥”，寂寞安静，是艺术创作所必需的气质。一个热中于利禄，心气浮躁的人，是不能接近自然，也不能接近生活的。沈先生“习静”的方法是写字。在昆明，有一阵，他常常用毛笔在竹纸上书写的两句诗是“绿树连村暗，黄花入梦稀”。我就是从他常常书写的这两句诗（当然不止这两句）里解悟到应该怎样用少量文字描写一种安静而活泼，充满生气的“人境”的。

我就是不想明白道理却永远为现象所倾心的人。我看一切，却并不把那个社会价值搀加进去，估定我的爱憎。我不愿问价钱上的多少来为万物作一个好坏批评，却愿意考察他在我官觉上使我愉快不愉快的分量。

我永远不厌倦的是“看”一切。宇宙万汇[1]在动作中，在静止中，在我印象里，我都能抓定它的最美丽与最调和的风度，但我的爱好显然却不能同一般目的相合。我不明白一切同人类生活相联结时的美恶，另外一句话来说，就是我不大领会伦理的美。接近人生时我永远是个艺术家的感情，却不是所谓道德君子的感情。（《自传·女难》）

沈先生五十年前所作的这个“自我鉴定”是相当准确的。他的这种诗人气质，从小就有，至今不衰。

《从文自传》是一本奇特的书。这本书可以从各种角度去看。你可以看到从辛亥革命到五四湘西一隅的怕人生活，了解一点中国历史；可以看到一个人“生活陷于完全绝望中，还能充满勇气与信心始终坚持工作，他的动力来源何在”，从而增加一点自己对生活的勇气与信心。沈先生自己说这是一本“顽童自传”。我对这本书特别感兴趣，是因为这是一本培养作家的教科书，它告诉我人是怎样成为诗人的。一个人能不能成为一个作家，童年生活是起决定作用

① 即万物。

的。首先要对生活充满兴趣，充满好奇心，什么都想看看。要到处看，到处听，到处闻嗅，一颗心“永远为一种新鲜颜色，新鲜声音，新鲜气味而跳”，要用感官去“吃”各种印象。要会看，看得仔细，看得清楚，抓得住生活中“最美的风度”；看了，还得温习，记着，回想起来还异常明朗，要用时即可方便地移到纸上。什么都去看看，要在平平常常的生活里看到它的美，它的诗意，它的亚细亚式残酷和愚昧。比如，熔铁，这有什么看头呢？然而沈先生却把这过程写了好长一段，写得那样生动！一个打豆腐的，因为一件荒唐的爱情要被杀头，临刑前柔弱的笑笑，“我记得这个微笑，十余年来在我印象中还异常明朗。”（《清乡所见》）沈先生的这本《自传》中记录了很多他从生活中得到的美的深刻印象和经验。一个人的艺术感觉就是这样从小锻炼出来的。有一本书叫做《爱的教育》，沈先生这本书实可称为一本“美的教育”。我就是从这本薄薄的小书里学到很多东西，比读了几十本文艺理论书还有用。

沈先生是个感情丰富的人，非常容易动情，非常容易受感动（一个艺术家若不比常人更为善感，是不成的）。他对生活，对人，对祖国的山河草木都充满感情，对什么都爱着，用一颗蔼然仁者之心爱着。

> 山头一抹淡淡的午后阳光感动我，水底各色圆如棋子的石头也感动我。我心中似乎毫无渣滓，透明烛照，对万汇百物，对拉船人与小小船只，一切都那么爱着，十分温暖的爱着！（《一九三四年一月十八日》）

因为充满感情，才使《湘行散记》和《湘西》流溢着动人的光彩。这里有些篇章可以说是游记，或报告文学，但不同于一般的游记或报告文学，它不是那样冷静，那样客观。有些篇，单看题目，如《常德的船》《沅陵的人》，尤其是《辰溪的煤》，真不知道这会是一些多么枯燥无味的东西，然而你看下去，你就会发现，一点都不枯燥！它不同于许多报告文学，是因为作者生于斯，长于斯，在这里生活过（而且是那样的生活过），它是凭作者自己的生活经验，凭亲历的第一手材料写的；不是凭采访调查材料写的。这里寄托了作者的哀戚、悲悯和希望，作者与这片地，这些人是血肉相关的，感情是深沉而真挚的，不像许多报告文学的感情是空而浅的，——尽管装饰了好多动情的词句，因为作者对生活熟悉且多情，故写来也极自如，毫无勉强，有时不厌其烦，使读者也不厌其烦；有时几笔带过，使读者悠然神往。

和抒情诗人气质相联系的，是沈先生还很富于幽默感。《一个爱惜鼻子的朋友》是一篇非常有趣的妙文。我每次看到："姓印的可算得是个球迷。任何人邀他去踢球，他皆高兴奉陪，球离他不管多远，他总得赶去踢那么一脚。每到星期天，军营中有人往沿河下游四里的教练营大操场同学兵玩球时，这个人也必参加热闹。大操场里极多牛粪，有一次同人争球，见牛粪也拼命一脚踢去，弄得另一个人全身一塌糊涂"，总难免失声大笑。这个人大概就是《自传》里提到的印鉴远。我好像见过这个人。黑黑，瘦瘦的，说话时爱往前探着头。而且无端地觉得他的脚背一定很高。细想想，大概是没有见过，我见过他的可能性极小。因为沈先生把他写得太生动，以致于使他在我印象里活起来了。沅陵的阙五老，是个多有风趣的妙人！沈先生的幽默是很含蓄蕴藉的。他并不存心逗笑，只是充满了对生活的情趣，觉得许多人，许多事都很好玩。只有一个心地善良，与人无忤，好脾气的人，才能有这种透明的幽默感。他是用微笑来看这个世界的，经常总是很温和地笑着，很少生气着急的时候。——当然也有。

仁者寿。因为这种抒情气质，从不大计较个人得失荣辱，沈先生才能经受了各种打击磨难，依旧还好好地活了下来。八十岁了，还是精力充沛，兴致勃勃。他后来“改行”搞文物研究，乐此不疲，每日孜孜，一坐下去就是十几个小时，也跟这点诗人气质有关。他搞的那些东西，陶瓷、漆器，丝绸、服饰，都是“物”，但是他看到的是人，人的聪明，人的创造，人的艺术爱美心和坚持不懈的劳动。他说起这些东西时那样兴奋激动，赞叹不已，样子真是非常天真。他搞的文物工作，我真想给它起一个名字，叫做“抒情考古学”。

沈先生的语言文字功力，是举世公认的。所以有这样的功力，一方面是由于读书多。“由《楚辞》、《史记》、曹植诗到‘桂枝儿’曲，什么我都欢喜看看”。我个人觉得，沈先生的语言受魏晋人文章影响较大。试看：“由沅陵南岸看北岸山城，房屋接瓦连椽，较高处露出雉堞[①]，沿山围绕，丛树点缀其间，风光入眼，实不俗气。由北岸向南望，则河边小山间，竹园、树木、庙宇，高塔，居民，仿佛各个都位置在最适当处。山后较远处群峰罗列，如屏如障，烟云变幻，颜色积翠堆蓝。早晚相对，令人想象其中必有帝子

① 城上的短墙。

天神，驾螭乘蜺[①]，驰骤其间。绕城长河，每年三四月春水发后，洪江油船颜色鲜明，在摇橹歌呼中联翩下驶。长方形大木筏，数十精壮汉子，各据筏上一角，举桡激水，乘流而下。就中最令人感动处，是小船半渡，游目四瞩，俨然四围皆山，山外重山，一切如画。水深流速，弄船女子，腰腿劲健，胆大心平，危立船头，视若无事。”（《沅陵的人》）这不令人想到郦道元的《水经注》？我觉得沈先生写得比郦道元还要好些，因为《水经注》没有这样的生活气息，他多写景，少写人。另外一方面，是从生活学，向群众学习。“我文字风格，假若还有些值得注意处，那只因为我记得水上人的言语太多了。”（《我的写作与水的关系》）沈先生所用的字有好些是直接从生活来，书上没有的。比如：“我一个人坐在灌满冷气的小小船舱中”的“灌”字（《箱子岩》），“把鞋脱了还不即睡，便镶到水手身旁去看牌”的“镶”字（《鸭窠围的夜》）。这就同鲁迅在《高老夫子》里“我辈正经人犯不上酱在一起”的“酱”字一样，是用得非常准确的。这样的字，在生活里，群众是用着的，但在知识分子口中，在许多作家的笔下，已经消失了。我们应当在

---

① 骑着龙踏着彩虹。螭，音chī，古代没有角的龙。蜺，音ní，通“霓”，彩虹。

生活里多找找这种字。还有一方面，是不断地实践。

沈先生说：“本人学习用笔还不到十年，手中一支笔，也只能说正逐渐在成熟中，慢慢脱去矜持、浮夸、生硬、做作，日益接近自然。”（《从文自传·附记》）沈先生写作，共三十年。头一个十年，是试验阶段，学习使用文字阶段。当中十年，是成熟期。这些散文正是成熟期所写。成熟的标志，是脱去“矜持、浮夸、生硬、做作”。

沈先生说他的作品是一些“习作”，他要试验用各种不同方法来组织铺陈。这几十篇散文所用的叙事方法就没有一篇是雷同的！

“一切作品都需要个性，都必须浸透作者人格和感情，想达到这个目的，写作时要独断，彻底的独断！（文学在这时代虽不免被当作商品之一种，便是商品，也有精粗，且即在同一物品上，制作者还可匠心独运，不落窠臼，社会上流行的风格，流行的款式，尽可置之不问。）”（《从文小说习作选·代序》）这在今天，对许多青年作家，也不失为一种忠告。一个作家，要有自己的风格，经得起时间的考验，必需耐得住寂寞，不要赶时髦，不要追求“票房价值”。

“虽然如此，我还预备继续我这个工作，且永远不放下我一点狂妄的想象，以为在另外一时，你们少数的少数，会越过那条间隔城乡的深沟，从一个乡下人的作品中，发现一种燃烧的感情，对于人类智慧与美丽永远的倾心，康健诚实的赞颂，以及对愚蠢自私极端憎恶的感情。这种感情且居然能刺激你们，引起你们对人生向上的憧憬，对当前一切的怀疑。先生，这打算在目前近于一个乡下人的打算，是不是。然而到另外一时，我相信有这种事。”（《从文小说习作选·代序》）莫非这“另外一时”已经到了么？

一九八二年十月三日上午写完

人之所以为人——读《棋王》笔记[①]

脑袋在肩上，

文章靠自己。

——阿城《孩子王》

读了阿城的小说，我觉得：这样的小说我写不出来。我相信，不但是我，很多人都写不出来。这样就很好。这样就增加了一篇新的小说，给小说这个概念带进了一点新的东西。否则，多写一篇，少写一篇；写，或不写，差不多。

提笔想写一点读了阿城小说之后的感想，煞费踌躇。因为我不认识他。我很少写评论。我评论过的极少的作家都是我很熟的人。这样我说起话来心里才比较有底。我认为写评

① 原载《光明日报》，一九八五年三月二十一日。初收《晚翠文谈》，杭州：浙江文艺出版社，一九八八年三月。

论最好联系到所评的作家这个人，不能只是就作品谈作品。就作品谈作品，只论文，不论人，我认为这是目前文学评论的一个缺点。我不认识阿城，没有见过。他的父亲我是见过的。那是他倒了楣的时候，似乎还在生着病。我无端地觉得阿城像他的父亲。这很好。

阿城曾是“知青”。现有的辞书里还没有“知青”这个词条。这一条很难写。绝不能简单地解释为“有知识的青年”。这是一个特定的历史时期的产物，一个很特殊的社会现象，一个经历坎坷、别具风貌的阶层。

知青并不都是一样。正如阿城在《一些话》中所说：“知青上山下乡是一种特殊的情况下的扭曲现象，它使有的人狂妄，有的人消沉，有的人投机，有的人安静。”这样的知青我大都见过。但是大多数知青，都有一个共同的特点，如阿城所说：“老老实实地面对人生，在中国诚实地生活。”大多数知青看问题比我们这一代现实得多。他们是很清醒的现实主义者。

大多数知青是从温情脉脉的纱幕中被放逐到中国的干硬的土地上去的。我小的时候唱过一支带有感伤主义色彩的歌：“离开父，离开母，离开兄弟姊妹们，独自行千里……”知青正是这样。他们不再是老师的学生，父母的儿女，姊妹的兄弟，赤条条地被掷到“广阔天地”之中去了。他们要用自己的双手谋食。于是，他们开始用自己的眼睛去看世界。棋呆子王一生说：“你们这些人好日子过惯了，世上不明白的事儿多着呢！”多数知青从“好日子”里被甩出来了，于是他们明白许多他们原来不明白的事。

我发现，知青和我们年轻时不同。他们不软弱，较少不着边际的幻想，几乎没有感伤主义。他们的心不是水蜜桃，不是香白杏。他们的心是坚果，是山核桃。

知青和老一代最大的不同，是他们较少教条主义。我们这一代，多多少少都带有教条主义色彩。

我很庆幸地看到（也从阿城的小说里）这一代没有被生活打倒。知青里自杀的极少、极少。他们大都不怨天尤人。彷徨、幻灭，都已经过去了。他们怀疑过，但是通过怀疑得到了信念。他们没有流于愤世嫉俗，玩世不恭。他们是看透了许多东西，但是也看到了一些东西。这就是中国，和人。中国人。他们的眼睛从自己的脚下移向远方的地平线。他们是一些悲壮的乐观主义者。有了他们，地球就可以修理得较为整齐，历史就可以源源不绝地默默地延伸。

他们是有希望的一代，有作为的一代。阿城的小说给我们传达了一个非常可喜的信息。我想，这是阿城的小说赢得广大的读者，在青年的心灵中产生共鸣的原因。

《棋王》写的是什么？我以为写的就是关于吃和下棋的故事。先说吃，再说下棋。

文学作品描写吃的很少（弗琴尼尔沃尔夫[①]曾提出过为什么小说里写宴会，很少描写那些食物的）。大概古今中外的作家都有点清高，认为吃是很俗的事。其实吃是人生第一需要。阿城是一个认识吃的意义、并且把吃当作小说的重要情节的作家（陆文夫的《美食家》写的是一个馋人的故事，不是关于吃的）。他对吃的态度是虔诚的。《棋王》有两处写吃，都很精彩。一处是王一生在火车上吃饭，一处是吃蛇。一处写对吃的需求，一处写吃的快乐——一种神圣的快乐。写得那样精细深刻，不厌其烦，以至读了之后，会引起读者肠胃的生理感觉。正面写吃，我以为是阿城对生活的极其现实的态度。对于吃的这样的刻画，非经身受，不能道出。这使阿城的小说显得非常真实，不假。《棋王》的情节按说是

---

① 今译弗吉尼亚·伍尔夫。

很奇，但是奇而不假。

我不会下棋，不解棋道，但我相信有像王一生那样的棋呆子。我欣赏王一生对下棋的看法：“我迷象棋。一下棋，就什么都忘了。待在棋里舒服。”人总要待在一种什么东西里，沉溺其中。苟有所得，才能实证自己的存在，切实地掂出自己的价值。王一生一个人和几个人赛棋，连环大战，在胜利后，呜呜地哭着说：“妈，儿今天明白事儿了。人还要有点儿东西，才叫活着。”是的，人总要有点东西，活着才有意义。人总要把自己生命的精华都调动出来，倾力一搏，像干将、莫邪一样，把自己炼进自己的剑里，这，才叫活着。

“不有博弈者乎？为之犹贤乎已。”[①]弈虽小道，可以喻大。“用志不分，乃凝于神”[②]，古今成事业者都需要有这么一点精神。这是我们这个时代需要的精神。

我这样说，阿城也许不高兴。作者的主意，不宜说破。说破便煞风景。说得太实，尤其令人扫兴。

---

① 出自《论语·阳货篇》，意为不是有掷骰子、下围棋之类的游戏吗？干干这些也比什么都不干好。已，止、不动的意思。

② 出自《庄子·达生》，意为用心专一，才能使精神集中。

阿城的小说结尾都是胜利。人的胜利。《棋王》的结尾，王一生胜了。《孩子王》的结尾，“我”被解除了职务，重回生产队劳动去了。但是他胜利了。他教的学生王福写出了这样的好文章：“……早上出的白太阳，父亲在山上走，走进白太阳里去。我想，父亲有力气啦。”教的学生写出这样的好文章，这是胜利，是对一切陈规的胜利。

《树王》的结尾，萧疙瘩死了，但是他死得很悲壮。

因此，我说阿城是一个乐观主义者。

有人告诉我，阿城把道家思想揉进了小说。《棋王》里的确有一些道家的话，但那是拣烂纸的老头的思想。甚至也可以说是王一生的思想，不一定就是阿城的思想。阿城大概是看过一些道家的书，他的思想难免受到一些影响。《树王》好像就涉及一点“天”和“人”的关系（这篇东西我还没太看懂，捉不准他究竟想说什么，容我再看看，再想想）。但是我不希望把阿城和道家纠在一起。他最近的小说《孩子王》，我就看不出有什么道家的痕迹。我不希望阿城一头扎进道家里出不来。

阿城是有师承的。他看过不少古今中外的书。外国的，我觉得他大概受过海明威的影响，还有陀思妥也夫斯基[①]。中国的，他受鲁迅的影响是很明显的。他似乎还受过废名的影响。他有些造句光秃秃的，不求规整，有点像《莫须有先生传》。但这都是瞎猜。他的叙述方法和语言是他自己的。司空图《二十四诗品》云："俯拾即是，不取诸邻。俱道适往，着手成春。"说得很好。阿城的文体的可贵处正在："不取诸邻"。"脑袋在肩上，文章靠自己。"

阿城是敏感的。他对生活的观察很精细，能够从平常的生活现象中看出别人视若无睹的特殊的情趣。他的观察是伴随了思索的。否则他就不会在生活中看到生活的底蕴。这样，他才能积蓄了各样的生活的印象，可以俯拾，形成作品。

然而在摄取到生活印象的当时，即在十年动乱期间，在他下放劳动的时候，没有写出小说。这是可以理解的，正常的。

只有在今天，现在，阿城才能更清晰地回顾那一段极不正常时期的生活，那个时期的人，写下来。因为他有了成熟

---

① 今译陀思妥耶夫斯基。

的、冷静的、理直气壮的、不必左顾右盼的思想。一下笔，就都对了。

他的信心和笔力来自党的十一届三中全会以后中国生活的现实。十一届三中全会救了中国，救了一代青年人，也救了现实主义。

阿城业已成为有自己独特风格的青年作家，循此而进，精益求精，如王一生之于棋艺，必将成为中国小说的大家。

一九八五年三月三日

梁实秋

《华盖集续编》①

昨日《学灯》登载拙作《北京文艺界之分门别户》一文，我们知道鲁迅先生在北京文坛上是自成一派的。这本《华盖集续编》，就是他一九二六年一年中的文章的总集。在《小引》里，鲁迅先生很客气的叙述：

> 这里面所讲的仍然并没有宇宙的奥义，和人生的真谛。不过是，将我所遇到的，所想到的，所要说的，一任他怎样浅薄，怎样偏激，有时便都用笔写了下来。说得自夸一点，就如悲喜时节的歌哭一般，那时无非借此来释愤抒情……

鲁迅先生一向是喜欢说客气话的，惟独这几句话，我

① 原载《时事新报》，一九二七年六月五日。

相信不是客气话。《华盖集续编》的确是“释愤抒情”的作品。然则鲁迅先生究竟有什么“愤”呢？这便是北京文艺界的所谓的门户之争了。我们细看《华盖集续编》，便知鲁迅先生所最愤的，一是孤桐先生，即整顿学风的章士钊先生，一是西滢先生，即北京大学陈源教授。全书的一大部分是对孤桐先生与西滢先生的攻击。我现在批评《华盖集续编》，不是要批评鲁迅先生对于这次争执的是非直曲，我要批评的是《华盖集续编》在文学上的价值。

鲁迅先生的文字，极讽刺之能事。他的思想是深刻而辣毒，他的文笔是老练而含蓄。讽刺的文字，在中国新文学里是很不多见的，这种文字自有他的美妙，尤其是在现代的中国。一般的人，神经太麻木了，差不多是在睡眠的状态，什么是非曲直美丑善恶，一概的冷淡置之不生影响。在这种情形之下，非要有顶锋利的笔来激刺一下不可。就如同我们深夜读书，昏昏欲睡，用钢锥刺一下，痛自然是痛的，然而睡魔可以去了。鲁迅先生的这枝笔，比钢锥还锋利。从前作文善辩善讽，称作“针针见血”。鲁迅先生的文章，是不见血的，因为笔锋太尖了，一直刺到肉里面去，皮肤上反倒没有痕迹。我们中国的麻木的社会，真须要这样的讽刺的文学。

讽刺文学的艺术，是极值得研究的。我们细读《华盖集续编》可以看出鲁迅先生最成功的几种讽刺技术。兹约略言之。

鲁迅先生最用力的讽刺的字句，全是出以文言。其实鲁迅先生的文章，一向是文言白话，夹杂并用的。而用文言的地方最为隽永深刻。这也一半由于古文的本身是典雅有味，一半由于鲁迅先生引用得灵活巧妙。鲁迅先生之引用文言，其巧妙奇特，有如吴稚晖先生之引用白话，这两位先生真是滑稽大家，讽刺能手，可说是异趣同工。鲁迅先生喜在极平庸的记述里，出人意外的硬写几句古文，一唱三叹，摇曳生姿。你说他是取笑，他却极郑重其事的；你说他是古板，他却流露着一派的鄙夷神情。鲁迅先生属在军阀势力之下，满腔的孤愤，无法发泄，只能在文字上嬉怒笑骂，以抒其愤。有许多话，却也切中时病，比什么正经的文字，反倒来得有力。

鲁迅先生还喜欢说反话，英文叫做“爱伦尼”（Irony），就是明明要反对一件事，偏偏说一些拥护的话，事实上说得寒伧不堪，而口口声声的还要拥护，局外的明眼人一望便知个中深意。这样的爱伦尼的艺术，岂不比直说平叙一览无余的笔法高明得多？随便一翻，看见了这样一段：

这次用了四十七条性命，只购得一种见识：本国执政府前是“枪林弹雨”的地方，要去送死，应该待到成年，出于自愿的才是。我以为“女志士”和“未成年的男女孩童”，参加学校运动会，大概倒还不至于有很大的危险的。至于“枪林弹雨”中的请愿，则虽是成年的男志士们，也应该切切记住，从此罢休！

上面一段，句句是反话，头脑简单的人若认为字面的意思即是鲁迅先生的本心，这个误会可就大了。我们读一切幽默讽刺的文章，全要在字里行间体会作者的苦心。用心的作者，没有一个字是随便下的，没有一句话是平平的说的。作文先求达意，能达意之后便要研究为何达意。鲁迅先生便是善于以讽刺的技术，达他的愤世嫉俗攻击敌方的意思。这一点，无论是与鲁迅先生友善或敌对的人，都要承认的。

喜欢鲁迅先生的深刻的文笔的人，不可不看《华盖集续编》，喜欢知道北京文艺界纷争的内容的人，也不可不看，因为这本书是代表鲁迅一方面的辩词。

读《骆驼祥子》[①]

老舍先生的小说，只要印成本子，我差不多都看过。在艺术上，《骆驼祥子》是最成熟的。

老舍先生的小说之第一个令人不能忘的是他那一口纯熟而干脆的北平话。他的词汇丰富，句法干净利落，意味俏皮深刻。会说北平话的人多的是，能用北平方言写成优秀文学作品的却很少见。大约二十多年前，北平的一种小报，《爱国白话报》，上面常常刊载小说，后来刊为许多小册，总名曰《新鲜滋味》，其中颇有佳作，有一本《库缎眼》我至今不能忘记，其文体便是道地的北平方言。还有一位“损公”常在这小报上发表“演徽”，也用的是简劲幽默的北平话，给我的印象很深。老舍先生的文字比这个更进一步，他融合了不少的欧化的句法。于是于干净利落之外，又加上了饱满

① 原载重庆《中央周刊》第四卷第三十二期，一九四二年三月二十六日。

细腻。《骆驼祥子》保持了老舍先生历来擅长的文字优秀，而且也许是因为这部小说写的是北平的土著“拉车的”，所以写来格外得心应手。

文字的优异是使作品成功的条件之一，但不是条件的全部。成功的作品必定有丰富的内容和严重的意义。老舍先生的早年作品，如《二马》《老张的哲学》等，如果有缺点的话，最大的一点应是在文字方面给了读者甚大的愉快，而内中的人物描写反倒没有给读者留下多大的印象。《骆驼祥子》不是这样。在这部小说里，我们清晰地认识出一个人，他的性格、体态、遭遇，都活生生地在我们眼前跳跃着。其中文字的美妙处，虽然不一而足，虽然是最出色的一点，但是我在读完之后不能不说文字的美妙乃是次要的。我掩卷之后，心里想的是祥子这个人，他的命运，他的失散的原因，他那一阶级的人的悲剧。至于书中的流利有趣的文章，我一面浏览，一面确觉得它有引人入胜的力量，可是随看随忘，没有十分地往心上走。看到尽头处，我的注意力完全在书中的主人公身上，我觉得他是一个活人，我心里盘算着的是这一出悲剧，我早忘记了作者是谁，更谈不到作者的文笔了！这是艺术的成功处。老舍先生的文字虽然越来越精，可是早已超出了崇尚幽默的那一时期的风尚，他不专在字句上下功夫，他在另一方向上找到发展的可能了。

哪一个方向呢？就是人性的描写。《骆驼祥子》有一个故事，故事并不复杂，是以一个人为骨干。故事的结构便是随着这一个人的遭遇而展开的。小说不可以没有故事，但亦绝不可以只是讲故事。最上乘的艺术手段是凭借着一段故事来发挥作者对于人性的描写。《骆驼祥子》给了我们一个好的榜样。老舍先生所以把祥子写得这样生动，是因为他必定设身处地地替祥子着想了，他必定假想自己即是祥子，在倒霉时心里是怎样的滋味，在得意时心里是怎样的感觉，受欺骗时是如何愤怒，被诱惑时是如何为难，我们的作者都必定潜心地揣摩透了，然后忠实地细腻地写出来。作者真懂了他所要写的人是什么样的人，他所要写的事是什么样的事。

有人说“一切文学皆是自传”。这要看“自传”二字怎样讲法。老舍先生没有拉过车，我知道。《骆驼祥子》不是自传，老舍先生另有“自传”。拉车这一行的行话和规矩，他是很懂得的，但这并不难，北平人平时留意地面上事的都懂得这一套。拉车的甜酸苦辣，也不难知道，常和车夫聊天儿也自然就明白几分。唯独人的“心理”最难懂，最难懂得彻底，即便懂也难于写得透彻——这是艺术！好的小说没有不是“心理学的”。英国小说中我最欢喜哀利奥特[①]的作品，她分析人物性格最为细致，她的小说都有很好的故事，但她最着力处不是故事的叙述，而是于人物在每一情况中的心理状态加以刻意的描写。这是很吃力的工作，小说因此获得了严重性，小说因此不只是供人娱乐，小说帮助了我们理解人性。一切伟大文学都是这样的。莎士比亚的戏剧有许多是从简陋的传奇改编的，故事是没有什么两样的，但结果是怎样不同的两般面貌！我们中国的小说，大部分都是赤裸的故事，有间架，没有血肉，只可供消闲，不能成为高级的艺术。近年来的新小说，大部分还是犯这个毛病，故事的范围往往很大，而结果是大题小做，轻描淡写地从表面上滑过，不能深入。《骆驼祥子》指示出了一个正确的写作方法。

《骆驼祥子》虽与抗战无关，但由于它的艺术的成功，仍然值得我们特别地推荐。

---

① 今译爱略特（一八一九～一八八〇），英国女作家。其作品注重人物心理描写和分析，对哈代、詹姆斯、康拉德、劳伦斯等作家影响很大。

《猫城记》[1]

老舍先生的小说，有《老张的哲学》《赵子曰》《二马》诸作。他有他的特殊的作风。他的文笔不但流畅，而且是纯粹的地道的北京土话，亲切而诙谐，在诙谐中又隐藏着不少的善意的讽刺。这作风使得老舍先生在现今文坛上占着一个特殊的位置。

老舍先生的诙谐，有人以为是太勉强，不自然，我看倒并不。他的诙谐如其有可议之处，绝不在于勉强这一点。他的诙谐是出口成章的，行文恣肆之极，真所谓嬉怒笑骂皆成文章，焉能是不自然？我以为他的诙谐的短处，在于过分的在形容事物上做功夫，在情节上少琢磨。老舍先生的俏皮话是真多，形容一个东西往往能独得妙譬，句法亦夭矫之至。但真正的幽默，毋宁说是在情节上。幽默的情节，虽出之以

---

① 原载天津《益世报·文学周刊》第四十三期，一九三三年九月二十三日。

平凡的笔调，亦能引人入胜；如情节平凡，虽文字句句精彩，亦难令人得深刻印象。老舍先生的小说在结构方面似乎过于松懈了，差不多没有安排穿插，只是随兴之所至信笔写去的样子。所以他的作品，从整个的看去，是不能成为完满的艺术。在意识一方面，老舍先生虽然对于社会人生采取了嘲弄的态度，然其思想是无体系可言的，显然还不具备伟大艺术所必须有的严重性。

可是这一本《猫城记》从上述各方面来看，似乎都是老舍先生最进步的一部作品。我觉得这部小说不但胜过著者以前的作品，还表示作者艺术思想都到了成熟的地步。这小说写法并不新颖，大约老舍先生读过《格利弗游记》[①]罢？藉漫游异乡来讽刺的为本国写照这方法是古已有之的了。不过在现代的中国小说里，这一类作品恐怕只有沈从文的《阿丽斯中国游记》和老舍先生的《猫城记》了。《猫城记》，我尤其喜欢，方法上虽不新颖，但内中情节完全是独创的。他藉了这想像中的猫国把我们中国现代社会挖苦得痛快淋漓，而作者始终保持住一种冷肃的态度。文字的优美，一如以前诸作，而内容情节之穿插较以前诸作进步极多。这本小说是

① 今译《格列佛游记》。

近年来极难得的佳构。里面描写大学的一段，使我联想起那《格利弗游记》中关于拉加都学院的一段。

对于不愿读以“外国人说的中国话”写的小说的人，对于不愿读所谓描写一九一一年大变乱的小说的人，我推荐这一部《猫城记》。著者在序里说：

> 外甥问我是哪一派的写家？属于哪一阶级？代表哪种人讲话？是否脊椎动物？得了多少稿费？我给他买了十斤苹果，堵上他的嘴。他不再问，我乐得去睡大觉。梦中倘有所见，也许还能写本《狗城记》。是为序。

我们希望看《狗城记》。

《骄傲与偏执》[1]

《骄傲与偏执》作于一七九六年，正是华资渥兹[2]与科律己[3]的《抒情诗歌集》出版的前一年，但是这一部伟大的小说直等到十几年后——一八一三年才得出版。奥斯丁[4]女士开始写这本书时才二十一岁，她的父亲首先发现这本书的优异，于是在一七九七年十一月一日写了下面的一封信，给伦敦的一个出版家卡戴尔先生。

---

① 原载天津《益世报·文学副刊》第六期，一九三五年四月十日。《骄傲与偏执》，董仲篪译，今译《傲慢与偏见》。

② 今译华兹华斯（一七七〇~一八五〇），英国浪漫主义诗人，曾荣膺桂冠诗人，代表作有《抒情歌谣集》《序曲》《她住在人迹罕至的地方》《水仙花》等。

③ 今译柯勒律治（一七七二~一八三四），英国诗人、评论家，代表作有《古舟子咏》《克里斯特贝尔》《忽必烈汗》等。

④ 奥斯丁（一七七五~一八一七），英国小说家，代表作有《傲慢与偏见》《理智与情感》等。

先生：

余现有小说稿一部，共三卷，其长度与伯尼女士之《哀弗兰那》相仿佛。余深知此种作品如得有名出版家发行，将有何等重大之结果，故敢向阁下商洽。台端[①]是否有意考虑此事，如作者自愿负责，发行需费若干？如阁下阅后认为满意而欲收买，可预支稿费若干？统希赐示[②]，不胜铭感。如蒙不弃，即当以稿本呈上也。

乔治·奥斯丁拜启

卡戴尔先生拒绝了这个请求。这一部小说稿原名不是《骄傲与偏执》，是《最初印象》（*First Impressions*），自被拒绝后过了十六年才以今名与世人相见（美国Charles Scrtbners Sons出版之“近代学生”丛书本之《骄傲与偏执》有W.D.Howells[③]撰序，谓《骄傲与偏执》撰成后七年方得出版，实误），而作者并未署名。

奥斯丁女士的一生是很平凡宁静的，她没有什么广博的

---

① 称呼对方的敬辞。

② 明清至近现代的书信客套用语，意为希望对方能审察、决定，给予意见。

③ 威廉·迪恩·豪威尔斯（一八三七～一九二〇），美国小说家、文学批评家，美国现实主义奠基人，代表作《赛拉斯·拉帕姆的发迹》。

经验，也没有多少学问，只是在几个较小的乡村和城市里安稳的度过她的一生。但是她知道她自己的限制，她不妄想写什么奇异故事或史诗之类，她只忠实的在小说里记载了她所熟悉的人物与喜剧，刻画了他们的人性，她善用她的能力，所以她的平庸处变成为她的伟大处了。以简洁明畅的文字描写平常人生的形形色色，而能像她这样的动人，不是一件容易事。我们若考虑到她写作的时代的风尚，我们便不能不对于她的作风更加惊异了。她在小说里占的地位，恰似华资渥兹在诗里所占的地位，二人都是要在平凡中寻出意义来。她所最赞赏的诗人是Crubbe[①]，这理由是不难想像到的了。

司考脱[②]称赞奥斯丁的话，不单是最有力的，而且是最公正。这段话载在他的日记里（一八二六年三月十四日），Lockhart[③]所作《司考脱传》卷六第七章引录过：

> 又读奥斯丁女士之优美作品《骄傲与偏执》，至少为第三次矣。此青年女子有描写日常生活中人物情感的

---

① 克雷布（一七五四～一八三二），英国诗人、韵文故事作家、博物学家，代表作有诗集《陶醉》。

② 今译司各特（一七七一～一八三二），英国历史小说家、诗人，代表作有《艾凡赫》《惊婚记》《红酋罗伯》等。

③ 洛克哈特，十九世纪英国传记作家。

错综现象之天才，实为余所仅见。雄伟狂吼之笔调，余固优为之，不逊于任何人；然此种轻灵之笔法，借刻画与抒情之逼真，使日常之平凡人物成为有趣，则迥非余所胜任。若是之天才作家竟如此早死，惜哉！

奥斯丁女士死时，年四十二岁。在她所作的六部小说中，《骄傲与偏执》为最佳。多少时髦小说都已被人遗忘，或只留给文学史学者去研究，而这本《骄傲与偏执》至今仍能给读者以新鲜的感动，而且翻成中文我相信仍能赢得读者的同情。这可以证明一件事：以优美的文笔描写常态的人性，这样的作品毕竟禁得起时间淘汰。

《罗密欧与朱丽叶》①

《罗密欧与朱丽叶》初刊于一五九七年，是为第一四开本，是一个“坏的四开本”，约二千二百行，显系盗印，但亦有其可取处，因为所根据的是报告员之耳闻目睹，在“舞台指导”方面较多详细记载。第二四开本刊于一五九九年，是“好的四开本”，约三千行多一点。第三四开本刊于一六〇九年，第一对折本是根据它而刊印的。此后尚有第四四开本（约刊于一六〇九至一六三七年间），第五四开本（一六三七年刊），均不重要。有这么多四开本行世，可见此剧之广受欢迎。

此剧之确实著作年代却难以认定。我们确知此剧于一五九六年七月至一五九七年三月之间宫内大臣剧团上演过。剧中乳母所说有关朱丽叶断奶的一句话（“Tis since the earthquake now eleven years.”）是惟一有力内证。英国地

① 选自杨迅文主编，《梁实秋文集》编辑委员会编，《梁实秋文集·第八卷》，厦门：鹭江出版社，二〇〇二年十月。

震不常有，一五八〇年四月六日英国发生地震。据此则此剧之作当在一五九一年，似乎太早了。现在一般学者根据诗体测验，断定写作应是在一五九五年，因为其中押韵的排句之多，每行音律之整齐，均足证明其为早年之作。

剧情概要：维洛那两大家族蒙特鸠（Montague）与卡帕莱特（Capulet）为累世仇家，一日在街上爆发群斗，公爵哀斯克勒斯宣称如再有人扰乱治安将处死刑。蒙家之罗密欧（Romeo）恋罗萨琳（Rosaline），但于卡家参加面具舞会之后转爱卡帕莱特之女朱丽叶（Juliet），他在花园中她的窗下偷听得她的爱诉，乃得其许诺永以为好。翌日午后，于劳伦斯修道士处秘密成婚。不久，罗密欧遇卡家之提拔特（Tybalt）于途，提拔特乃卡帕莱特夫人之侄，向罗密欧寻衅，是时罗密欧已成他的姻亲，拒绝打斗，其友墨枯修（Mercutio）挺身应战，竟被刺杀，罗密欧乃拔剑而起，刺死提拔特，因此公爵将罗密欧放逐出境。罗密欧求计于劳伦斯修道士，劳伦斯嘱他当晚仍按预定计划与朱丽叶幽会，然后去曼丘阿静待友人为他斡旋获赦返乡。此时卡帕莱特安排朱丽叶与巴里斯（Paris）结婚，她愈推拖，他愈坚持。她母亲与乳母爱莫能助，她求救于修道士。修道士为她设下一计，翌晚给她一副睡药，服下之后四十二时作昏死之状，俟她醒时从她陈尸之墓窟接出逃走。朱丽叶仰药后，陈尸坟窟，但修道士之使者未能及时到达曼丘阿，罗密欧只是听说朱丽叶已死。他连夜赶至墓地，适遇巴里斯亦来哀悼，二人打斗，巴里斯死。罗密欧冲入窟内，服毒死于朱丽叶身旁。修道士闻悉计划失误，急来营救朱丽叶，此时朱丽叶醒来发现罗密欧已死，乃自戕。守者至，修道士被执，备述经过，蒙特鸠与卡帕莱特面对双方死去之儿女弃嫌修好。

以情人离别及睡药为中心的浪漫故事，起源甚早，可远溯到罗马的奥维德（Ovid）。以后迭有作者讲述这个故事。莎氏直接的来源是意大利人班戴洛（Metteo Bandello）的《小说集》（*Novelle*），一五五四年刊，一五五九年由Boisteau[①]译为法文，这法文本于一五六二年又由布鲁克（Arthur Brooke）用“家禽贩体”（“Poulter's measure”，即轮流用十二音节一行与十四音节一行写成的诗体）改写成为一首英文长诗。这首诗是莎氏剧的直接来源。Boisteau的法文故事于一五六七年由*William Painter*[②]译成英文散文，成为他的*Palace of Pleasure*[③]第二卷第二十五篇故事，莎氏可能读过，

① 布瓦托。

② 威廉·品特。

③ 《欢乐宫》。

但未加利用。莎氏依据布鲁克的诗甚为密切，但是把故事所占时间缩短，原诗故事延长九个月之久，莎氏缩短到五天。莎氏使巴里斯死于墓门，前后照应。在人物描写上，如修道士之富于同情，乳母之极度庸俗，均可圈可点，惟此剧乃莎氏较早年之作，人物性格的创造与刻画尚未臻成熟之境。

此剧自始即受大众欢迎，因为里面有一个好的故事。一六六〇年剧院重开，此剧即行上演，惟剧尾改为大团圆，难怪当时的日记作家皮泊斯说“我一生所听过的最坏的戏”。此后不久，此剧完全自舞台上消逝，约有一个半世纪之久，甚或更久，为改编本所代替。十八世纪中加利克（Garrick）恢复原剧上演，但仍有修改。十九世纪中叶此剧始以本来面目重上舞台，美国著名女演员Charlotte Cushman[①]反串罗密欧，连续上演八十四晚不衰。如今此剧全世界流行，这一段凄艳动人的故事已成为家喻户晓的了。

莎氏剧通常于主要故事之外还有一个或一个以上的副故事，交织掩映，有充实繁簇之妙，但此剧仅有一个恋爱故事，无副故事。故事虽简，但有曲折，一开场就是打斗的热闹场面，布下适当的气氛，剧情逐步发展，有悬宕，有

---

① 夏洛特·库须曼。

高潮，始终能控制观众注意。内中没有莎氏惯用的滑稽穿插，丑角亦无多少发挥，单纯的一对不幸的恋爱者构成全剧的单一性。有一股青春活力贯串全剧。罗密欧是一个痴情的青年，也是一个理想的追求者，与其说他爱的是一个女人，不如说他爱的是爱情，具备了一个真正的十四行诗作者的身份。朱丽叶更是年轻，只有十四岁，美丽天真而冲动，也正是十四行诗中的理想女性。其他配角也大都是活跃的，年老的卡帕莱特与蒙特鸠都犹有童心，龙钟的乳母（照年龄推算不该龙钟）也老而弥壮。但全剧虽然火炽，却缺乏深度。一般的悲剧主人公该是以坚强性格对命运作殊死战，然后壮烈牺牲；这一对恋人所遭遇的乃是父母之愚蠢的阻挠，其命运是偶然的而不是悲剧性的。尽管此剧不是莎氏顶成熟的作品，毫无疑问的是莎氏问世的第一部伟大的戏剧，代表了一种新型的戏剧。当时一般悲剧不离Seneca[①]的影响，这一部浪漫恋爱的悲剧是崭新的。布鲁克的长诗未脱清教的道德主义，而莎氏则摆脱了说教的态度，以抒情的手法处理了这一段纯粹爱情的故事。

---

① 塞涅卡（约前四～六五），古罗马政治家，斯多葛派哲学家，悲剧作家，雄辩家。主要作品有散文随笔集《道德书简》、悲剧《疯狂的赫拉克勒斯》《美狄亚》《菲德拉》《俄狄浦斯》等。

苏童

谈谈《包法利夫人》[①]

大家好，欢迎大家到这儿来听我胡说八道。基本上，我是属于一个在书房里的作家，不常以这样的方式与读者见面，其实我挺紧张的。确定我今天讲的题目，有一段渊源。前不久，我在复旦大学参加一个中法文化交流，和一个法国作家探讨一些文学问题的时候，那位作家突然冒出一句："福楼拜的《包法利夫人》算什么东西！"这句话经过了翻译，仍然是法语，却让我很震惊。我想不是她出了问题，就是我出了问题。为什么对一部十九世纪的法国的文学经典，一个法国作家如此贬低它，而我作为一个中国作家，却下意识地要维护它？我想其中涉及的不是不同国别的文学观，而是不同的写作者的文学观，她也许不用多谈她不喜欢的理由，我却有必要谈我喜欢的理由。

① 原载《图书馆杂志》二〇〇六年第七期，为二〇〇五年十一月二十日苏童在上海图书馆的"名家解读名著"系列讲座发言稿。

所以我今天在这里谈的，也许是维护《包法利夫人》的理由。

一百多年的时间完全可以成就一部经典了。不管是什么样的时代语汇或是什么样的文学系统，来评价它，琢磨它，经典总是强大的，经得起推敲的，你可以不喜欢，但永不能为你的不喜欢找到令人信服的理由。而对《包法利夫人》的态度，自始至终都有一个世事沧桑在里面。福楼拜先生这部经典作品在十九世纪问世以来，一直风波不断。它在成为所谓的经典之前，引起了法国正统文学观念的强烈反弹，甚至有人认为它是一部不道德的书，有宣传堕落和诲淫之嫌，所以说，争议也是有历史了。《包法利夫人》一直是在风雨之中成长起来的，从这个意义上说，现在仍然有人不喜欢它，也正常，算是传统观点的变种。我们早已经告别了艾玛和包法利先生的时代，到了现在这个世纪，我们该如何来看待这部作品？我没有权威意见，只能提供我个人的观点。

昆德拉有一句话，是站在一个宽广的角度上，评价了《包法利夫人》，大概是这样说的："直到福楼拜的《包法利夫人》的出现，小说的成就才赶上了诗歌的成就。"这句话当然有它的时代背景，西方文学的叙事传统，是从诗歌中分离出来的，文学最早的叙事职能是由诗歌承担的，比如荷马史诗，很大程度上是叙事的。但我理解米兰·昆德拉的观点，应该不仅仅是从叙事的角度上说。何谓经典？确定经典的指标肯定不是一种两种，经典总是在整体上超越了人们对完美的想象，依我看来，《包法利夫人》甚至是一部超越完美的作品，可以说是现实主义小说经典中的经典。经典的背后往往隐藏着一个强大的文学思想。大家知道，福楼拜有一个著名的文学主张："作者退出小说。"这个口号在今天看来非常简单，但在当时却有着不同的意义。当时的作者写小说不是抱着上帝的心态，便是沉溺在一种苍白虚弱的浪漫主义情节里，特别是法国小说，一开始总是："一个美妙的黄昏，某某先生，某某夫人，在花园里如何如何……"而《包法利夫人》的第一句话就让人耳目一新："我们正在上自习，忽然校长进来了，后面跟着一个没有穿学生装的新学生，还有一个小校工，却端着一张大书桌……"小说发展到今天，不同风格的作家叙述的姿势和腔调已经变得非常丰富，令人眼花缭乱。但在当时来说，用"我们"来叙述，确实是一个比较大的革命，而且在作品的推进中，"我们"这个叙述者是像云一样随时消失的，"我们"中一定有"我"，那么"我们"是谁？"我"又是谁？福楼拜先生最著名的一句话：我就是包法利夫人。和他的"作者退出小说”的文学主张比较，看起来似乎是矛盾的，但仔细一想，这矛盾里其实包含了一个课题，这课题通过了一个文本去解决，那就是：一个作家怎样成为小说中的人物？

把“作者退出小说”和“我就是包法利夫人”两句话放在一起研究，我们可以得出一个结论：一方面作者是退出了，另一方面是有“人”进入小说了，是谁呢？是作者变换了身份，作为一个小说人物进去了，作为作者的福楼拜已经变身为包法利夫人进入了小说，是与小说同呼吸、共命运地进入，退出实际上是一种进入。我就是这样理解这两句话的。福楼拜先生所谓“作者退出”的口号，在当时也引起轩然大波。理解这口号其实是理解一种冷静科学的小说观念，“退出”意味着“进入”，这姿态不是消极的，恰好是积极的，其实是让自以为是上帝的作家们寻找一个最佳的情感和技术的入口，因为读者是难以取悦的，他们从不退出小说，也不是天生那么容易进入小说，他们的位置不确定，需要被一个具体的活生生的人物引领进入小说。一个主观的、热情过度的作者并没有那么大的魅力把读者带进去，所以一切都要拜托他人，这个他人就是小说中的人物。在《包法利夫人》中，这个人物是艾玛，艾玛就是福楼拜退出小说后留在里面的一个幽灵。艾玛是福楼拜的幽灵，所以福楼拜自然就是包法利夫人！

我们还是来谈谈人物，《包法利夫人》中最重要的当然是艾玛这个女性形象。这个人物在一开始，作者没有把她作为一个重点来叙述，感觉她是隐藏在包法利先生的身后，突然跳出来的，跳出来以后灯光就一直打在她身上了。小说的一开始写的是包法利先生的青春，少年时代，第一次婚姻。顺便说一说夏尔的第一个妻子，迪比克寡妇，虽然是个次要人物，但即使这样一个人物形象也令人印象深刻。她是一个寡妇，嫁给了包法利先生。一段非常短暂的婚姻谈不上什么幸福，但给双方提供了情感上的需要，因此有隔阂，也有依恋。她永远穿黑衣服，人很瘦，脸上还长了粉刺，福楼拜先生形容那女人穿着黑的收身的服装，犹如“长剑入鞘”。这女人为了得到包法利先生和公婆对她的爱，很可怜地夸大了自己的财产。如果那女子不得病，我们可以推测包法利先生的一生将在平庸、平静、沉闷中度过，是一种不幸，也是一种幸运，也可以成就一部别的小说，但这在福楼拜那里是不可能的，他化身为一个幽灵，或者说他就是艾玛，潜伏在夏尔的身后，迟早要跳出来，于是寡妇就病死了。一段短暂的灰暗的婚姻结束。作者借着婚姻的另一方，也就是包法利先生，抒发了对这种婚姻的看法，其中有深深的怜悯：“办完丧事，夏尔回到家里。楼下空无一人，上楼来到卧室，看见她的袍子还挂在床头，于是他靠在书桌上，沉浸在悲痛的梦境中，一直待到天亮。毕竟，她还是爱过他的。”请注意，这儿是“她”爱“他”，没说“他”爱“她”，所以说，夏尔失去的不是爱情，而是一段婚姻而已。

这种对第二主角的叙述给人一个假象，让人误以为小说的延续会以夏尔为中心。从叙述上看似乎动机不明，从人物活动空间看有点局促，令人担心。小说写下去，艾玛出场后，一个个细节异峰突起，我们才知道，寡妇也好，夏尔也好，夏尔望子成龙的父母也好，这些人物都是在为艾玛的出现腾挪空间。夏尔去寻找他的幸福，找到艾玛以后，他便慢慢退去，他在旁边稍息，一个很大的空间就出来了。艾玛跳出来，读者的注意力就都在她身上了。

夏尔是在帮农场主接断腿的时候与艾玛第一次相遇，人物相遇的契机和事件并没有什么可以多说的，但令人印象深刻的是艾玛以她的“手”出场。作者这么通过夏尔的眼睛描写艾玛的手：“她指甲如此洁白，使夏尔感到惊讶，指甲光亮，指尖纤细，剪成椭圆形，比迪埃普的象牙还洁净。可她的手并不算美，也许不够柔和。”然后艾玛的眼睛出场：“她有一双美丽动人的大眼睛，由于睫毛的衬托，棕色眸子变成了黑色。她目光朝你瞥来，大胆坦率，天真无邪。”

我想福楼拜先生无意让艾玛的手成为一个故事的隐喻，但是对那只手的描述多少可以看出一点阴影，艾玛的手会给她自己，会给夏尔缔造什么样的命运？

艾玛这个人物形象一出场就是带有悬念的，福楼拜先生短短的几笔就把艾玛身上的矛盾性格点出来了。他说艾玛喜欢教堂是喜欢教堂外面的花卉，喜欢音乐是喜欢那些你情我爱的歌词，喜欢文学其实是喜欢文学的浪漫和刺激，这寥寥数笔不仅交代的是虚荣心，也把这个女人矛盾的不安分的心勾勒出来了。艾玛在少女时代进过修道院，在修道院别人侍奉上帝，她却看了很多浪漫奇妙的小说，她就是在这样一个叛逆的暗流中长大的，这种天性使她想做贤妻良母又做不到，最后成了著名的包法利夫人。小说后面还有一段描写让人印象深刻，艾玛住在容镇这样偏僻的地区，却订阅了大量的巴黎上流社会的报纸杂志，她知道巴黎哪个剧院在上演新的歌剧，巴黎高级裁缝师家的门牌号码。这也算是填补生活空白的方式吧。这样一个心在高处的女子却一生生活在乡村小镇，这种生活也许本身就隐藏着种种危险。火烧荒草不是悲剧，灯蛾扑火才是悲剧。艾玛的悲剧也许从她出生以后便开始了，而包法利先生的悲剧是他向艾玛求婚时开始的。包法利先生向艾玛的父亲吐露他的心思，父亲回答他：“我现在不可能答复你，只要三十分钟就够了。你在农庄的路上等着，看我家的窗子，如果艾玛答应，我就把窗子打开，说明你娶到她了。”灯蛾都是盲目而热情地向火扑去，如果说艾玛是火，包法利先生就是灯蛾，他求婚时候在艾玛家外面的路上，魂不守舍地等了三十分钟，回头一看，窗子打开了，艾玛答应了他的求婚。火召唤着灯蛾，包法利先生和包法利夫人的命运，都在一瞬间决定了。

从整部小说来看，艾玛的悲剧命运就是在这场门当户对的婚姻中滚雪球，越滚越大。最初是一段短暂的可疑的幸福生活，可是这种幸福到底符合不符合艾玛的幸福观，大家都还不清楚，直觉告诉我们，好戏在后面。最初这段平静的新婚生活，艾玛得到的只是一种安宁的感受，而包法利先生，这位所谓的痴情男子，他的感受是不一样的。福楼拜写了句非常精彩的话：“对夏尔来说，世界再大也大不过艾玛的一条丝绸衬裙。”一个女人在她丈夫心中具有如此重要的地位，这样的男女关系是不对称的，也是危机发生的土壤。小说中描写到燕子号马车，一次次来往于荣镇和鲁昂，来往于宁静沉闷的小镇和大城市之间，艾玛的堕落轨迹也像这辆马车，不急不慢，来往于家庭和情人之间。艾玛的内心世界是随着婚姻显示出乏味的本质后，一点点骚动起来的。在到荣镇以前，艾玛还没有厌倦她的生活，勇气还没有被自己和男人培养起来，小说的基调也比较光明灿烂，包法利先生和包法利夫人过着一段比较普通宁静的生活，但艾玛不安定的心注定是要寻找风暴的，只是在等待相应的天气。另外一方面，两个男人，莱昂和鲁道夫也在等待那样的天气，他们遇见艾玛就是遇见风暴。艾玛的悲剧在到达荣镇那一刻就埋下了伏笔。在燕子号马车上，她就莫名其妙地丢了小狗，这是很有意味的设置，东西丢失是一个不祥的预兆。果然到了客栈第一天就碰到了莱昂，风暴开始席卷艾玛的内心，后来不断陷入危险的感情旋涡，莱昂是其中一个重要的砝码。不过需要说明的是，即使在十九世纪，福楼拜的小说观念已经非常进步。在写到艾玛与莱昂感情的邂逅还是非常有节制的，只是写两人讨论文学、音乐。有趣的是，两人对于文学和音乐都没有很深入的了解，在一起偏偏就喜欢谈论这些，这是因为共同的虚荣心，也就是所谓的两个人的共同语言。大家知道，做成夫妻的人不一定有共同语言，而做成情人的，大多需要所谓的共同语言，哪怕这共同语言仅仅是一种文化虚荣心。既然说到莱昂，不妨让我们来看看福楼拜怎么描写艾玛生命中的几个男人。莱昂是一个律师事务所的实习生，所谓见识广博举止文明的年轻男子；艾玛和他走到一起有必然因素。艾玛第一次主动点燃了对方情感的烈火，但还是保留了一点理性。当艾玛挽着莱昂的手臂在街上走，只是被镇上的长舌妇说三道四，并没有发生性关系的后果。直到他们之间感情升温，就在一层窗户纸快要捅破的时候，福楼拜却来了个急刹车，莱昂在母亲的逼迫下，离开了荣镇，去别的城市工作。这就是福楼拜的智慧和高明之处，其实是欲擒故纵。很明显，作者把莱昂设置成艾玛第一个真正意义上的情人的形象，艾玛的情感需要飞翔，要借助一个翅膀，就是一个她深爱的男性，而莱昂离去了，她的感情就像断了线的风筝，断线的风筝总是要落在地上的，飞过了，再掉下来，引起的是更深的飞的欲望，这欲望导致艾玛后来变本加厉的感情游戏。如果说包法利先生是艾玛生命中的站台，这站台是荒凉的、乏味的，而她感情生活中的两个过客，却是生机勃勃、充满诱惑力的。艾玛是个痛苦的女人，她的精神世界出现了神经质的空虚，这空虚注定被填补，也注定了第二个男人的出现。

鲁道夫出现了，他与莱昂有本质的区别，莱昂是一个羞怯的、拥有一颗浪漫心的青年，他与拥有一颗骚动的心的艾玛相遇，按照正确的文学手法去描述，很难引出一个非常壮美的故事，结局很可能就是一个人被改变了，从而两人的生活引入正轨，也就没有故事可说了。但鲁道夫和莱昂大相径庭，他就是一个如假包换的花花公子，他的使命就是与女性发生千丝万缕的关系，与新的陌生女子的艳遇是平衡他情感的唯一方法。他们的相遇，从鲁道夫角度看，是一个花花公子勾引女人的过程，像鲁道夫这样的风流男子，引诱或者摧毁一个女人，都使用类似的方法，即使女方智商平平，这样的方法也容易被女方明察秋毫。但是关键就在这里，艾玛的智商不容置疑，她明知道鲁道夫是一个花花公子，应该也有所准备，但是艾玛的空虚和寂寞是一个最强大的敌人，试想想，荣镇这样一个小镇，哪里包容得了艾玛这一颗野性的庞大的骚动的心，她永远都在寻找一种机遇，就像包法利先生飞蛾扑火一样扑向她，她像飞蛾扑火一样扑向别的男人的怀抱，扑向危险的情感游戏。所以说欺骗并不存在，存在的是悲剧性的欲望和悲剧性的命运。艾玛和鲁道夫的第一次调情是一个非常经典的情节，后来的许多文学讲义都提到这一段描写。在荣镇当地举办的农业博览会上，台上是官员乏味的官僚主义的发言，台下是男女私情。台下的鲁道夫东一句西一句地试探艾玛的情感，福楼拜先生特意设置了语言的间隔，读起来非常奇妙，堪称经典。一男一女的调情夹杂着一个官员慷慨激昂的发言，多么讽刺，多么有趣。其实不管是从什么地方开始，艾玛投入鲁道夫的怀抱是一种必然。不像小镇上的其他女人，她意识到寂寞和空虚，不是去排遣寂寞和空虚，而是用极端的方法去消灭它们。这种不安分的女子，大多是把自己放在一种战争状态中，把自己送到了情感的战场，而这样那样的战役，都不是她能得胜的，胜利不属于她，失败、受伤甚至毁灭几乎是一种命定的归宿。鲁道夫和艾玛有过一段时间的浪漫，他们寻找各种不同的幽会地点，甚至是马房这样一些莫名其妙的地方。在所有浪漫的模式黔驴技穷后，风流成性的鲁道夫产生了厌倦，尤其是在艾玛想要为这段婚外情找个出路，几次三番流露出要私奔的情况下，灾难的结局出现了——在无法承受压力的情况下，他一走了之，剩下艾玛在空前的失落中一天天崩溃。

在《包法利夫人》这部小说中，围绕着艾玛，始终是有男人在她身前身后徘徊的。从人物关系的安排看，艾玛与包法利先生的夫妻关系是从头到尾的骨架，因此包法利先生始终是在她身后徘徊的男人，而莱昂和鲁道夫是从她面前经过的人。他们的来来去去，每一次都在推进故事的发展，也在改变艾玛情感世界的色彩，一会儿是阳光，一会儿是黑暗，当然，更重要的是两个男子的来来往往最终是要把艾玛带到深渊里去的。我前面说过，莱昂曾经离开艾玛，但他的离开是为了回来。有一次包法利先生带艾玛去城里看戏，又遇见了莱昂。于是艾玛在鲁道夫的怀抱里堕落了一次之后，又回到了莱昂身边。剧院的那次相遇使艾玛的悲剧命运走上了第一级台阶。所谓的旧情复燃在艾玛这里当然是一个情感的惯性，但莱昂那边，一切已经改变了。他从一个羞怯的青年成长为一个见过世面、知道如何与女子玩感情的男人，而此时的艾玛几乎把自己放逐到了汪洋大海之中，一个更有魅力的莱昂就是大海里的救生圈，她抓住莱昂自然再也不会放手。有了与鲁道夫私情的那些铺垫，以艾玛的这种性格，说她堕落也好，说她飞翔也好，速度会越来越快，变本加厉。她在与莱昂的第二次相遇后，欲望疯狂地燃烧，从此便只生活在欲望里了，与传统“道德”家庭几乎划清了界限。

让我们来看看艾玛后来加速的堕落：她的感情越是狂热地追逐，越是受到挫折，她在男人的眼里，已经由一头美丽的猎物变成一头令人恐怖的猛虎，谁愿意被一头猛虎追逐呢？艾玛最终的命运当然是被摆脱，我们可以清晰地看到艾玛在追逐感情时的处境，那可以说是令人揪心的，她想要得多一些，结果却丧失了所有：在对奢华的追求中慢慢丧失了金钱，在对自由的追求中慢慢丧失了别人对她的尊重，在对性的追求中慢慢丧失了母爱，结果她没有得到奢华，没有得到自由，甚至连她最狂热的爱情，也是竹篮打水一场空。小说的后来不再写艾玛的手了，但我们似乎看见了无数手，都在把她往一个万劫不复的深渊里拉。从财务指标上看，那个商人勒合先生的手是最黑的手，他不停地用艾玛喜欢的奢侈的衣服、窗帘、花边诱惑她，并给她赊账，为了利润，他把一个小镇医生的妻子培养成一个购物狂。从情感指标上看，两个情人的手是冷酷的，也是置人于死地的：莱昂的手虽然还揽着艾玛，但索取完了以后就推开了；鲁道夫目睹着艾玛的堕落，他干脆把手插在口袋里，采取袖手旁观的政策了。最值得注意的是包法利先生的手，那双手在艾玛的悲剧中有没有起作用，起了什么作用，可以从头开始探讨。包法利先生是个昏庸的男子，作为艾玛的丈夫，他从没了解过妻子，换句话说，甚至读者都比包法利先生更了解包法利夫人。从人物形象上看，包法利先生也是很值得研究的，从开篇率先进入小说，然后在后来慢慢退却，一直像一个幽灵徘徊在艾玛身后，他和艾玛是一对夫妇，却构成了奇特的互为阴影的关系。这个软弱、仁慈、拜倒在女人石榴裙下的男性形象从何而来，福楼拜先生写作中都有交代，没有十分突兀的东西。写到包法利先生的少年时期，母亲和父亲争夺对他的培养。父亲是见过世面的退役军人，一心想把夏尔培养成男子汉，包括让他在野地里走，甚至让他辱骂教堂里的唱诗班。但这个儿子在父亲那里受到强势的男子气概的培养后，一回头却扑进母亲温柔的怀抱，在这样的情况下，他对女性的态度、处世的方式，都是顺理成章的。这到底是个什么样的人呢？他是生活在父母爱的阴影下的男人，这个男子唯一一次在大事上的自决是他娶了艾玛，然后他把爱的阴影转嫁到艾玛的头上了。一方面从通常的理解说，他是一个最宽容的丈夫；另一方面，如果我们来分析小说里的手，包法利先生的手其实也是不吃素的。大家不要忽略小说中的一个细节，说包法利先生的医术平庸，却对沽名钓誉很感兴趣，一心成名，一次为一个瘸子治病的时候，不假思索地挑断了跛子的脚筋，毁了他的人生。他对病人的痛苦并不怎么关心，却一直在瘸子是内翻足还是外翻足上纠缠不清，把别人的痛苦做了科研。

读者往往惊讶于包法利先生对艾玛超常的容忍，但是请注意，那种放纵和容忍对于艾玛来说也是一种负担。小说中提到一句话：艾玛看着包法利先生，总觉得他的目光是这么无辜，那么爱她，她感觉像鞭子抽在身上一样。所以我说，包法利先生的手也是伸向艾玛的，“拿着一条鞭子”，以爱和仁慈的名义抽打艾玛。也可以说，这手对艾玛的放任自流来得很微妙，在艾玛死后，包法利先生最终死在了花园里。他的手又出场了，死时手里还抓着艾玛的头发，我们可以说他抓着对妻子的爱，是不是也可以说，他抓着的是自己的财产呢？当然与其说别人的手上有多少罪恶，不如说艾玛自己的手是一双自取灭亡的手，更加令人信服。无须掩饰的是，随着故事的深入，艾玛这个女人渐渐地令人痛恨起来，我们如果试图总结艾玛身上的性格和品质特征，可以得出以下结论：浪漫、虚荣、自私、叛逆、不甘平庸。这一切似乎适用于所有女性（包括男性），是人性正常的内容，不应该那么致命的，不是那么邪恶的，可是福楼拜先生描写的是在适当的社会条件下，所有人性之花都在尽情开放，包括恶之花，它也可以尽情开放。所以说，包法利夫人这个形象最令人震撼之处在于，我们看见了一棵寻常的人性之树，这树上却开出了不寻常的恶之花！到了小说的最后，其实有很多人手里都是拿着把匕首横在艾玛的头上的，小说的结局大家应该比较清楚，包法利夫人家里破产，负债累累，最后选择自杀了结自己。最后艾玛服了砒霜。我觉得这是在乱箭穿心的情况下的必由之路，一个女人向世界无休止地索取，发现一无所获，而且负债累累，终于自己结束了，付出生命是用来逃脱，也是用来忏悔的。艾玛死后，包法利先生为她设的墓碑非常令人回味，墓碑上写道：不要践踏一位贤妻！我想这不是作者在墓碑上设置了一个讽刺的结局，事实上福楼拜先生已经变成了包法利夫人，让他对艾玛一生作出总结。恐怕他总结出来的是一对对无休止的矛盾，艾玛，就是无休止的矛盾，就是无休止的人生的难题。我觉得这部作品伟大，不在于艾玛这个人物的伟大，也不在于这个故事的伟大，事实上，伟大的是福楼拜先生，在一百年前写下了一部关于人性的矛盾之书。人性的矛盾之书也是人性的百科全书了。

读纳博科夫[①]

我所喜爱和钦佩的美国作家可以开出一个长长的名单，海明威、福克纳自不必说，有的作家我只看到很少的译作，从此就不能相忘，譬如约翰·巴思、菲利普·罗斯、罗伯特·库佛、诺曼·梅勒、杜鲁门·卡波特、厄普代克等，纳博科夫现在也是其中一个了。

读到的纳博科夫的头一部中篇是《黑暗中的笑声》，好像那还是他在苏联时候写的，没有留下什么特别出色的印象。作品似乎与一般的俄罗斯作品没有多少差别，师承的也许是契诃夫、蒲宁，写一个在电影院引座的姑娘的爱情故事。我现在一点也想不出其中的什么细节了，也许是我不太喜欢的原因，我一向不太喜欢那种旧俄风格的小说。

后来读到纳博科夫的《微暗的火》的选译，发现纳博科

① 选自苏童《苏童散文》，杭州：浙江文艺出版社，二〇〇〇年十月。

夫的晦涩高深显然超过了巴思和巴塞尔姆这些后现代作家。小说中有一个叫金波特的教授，行为古怪乖僻、言辞莫名其妙、思想庸常猥琐，好像就是这样，我所捕捉到的人物形象就是这样。因为看的是选译，不能目睹全书风采，但至少《微暗的火》让我感觉到了纳博科夫作为伟大作家的分量。不光是他奇异的结构和叙述方式，他透露在书中的睿智而又锋芒毕露的气质也让人顿生崇敬之心。

今年读到了《洛丽塔》，不知此本与其他版本相比翻译质量如何，反正我是一口气把书读完的，因为我读到的头几句话就让我着迷。我喜欢这种漂亮而简洁的语言：

> 洛丽塔，我生命之光，我欲念之光。我的罪恶，我的灵魂。洛——丽——塔：舌尖向上，分三步，从上颚往下轻轻落在牙齿上。洛。丽。塔。

洛这个女孩的形象并不陌生，不知怎么我会把她与卡波特《在蒂法尼进早餐》里的可爱的小妓女相联系。都是活泼、可爱、充满青春活力的少女，这种少女到了作家笔下，往往生活在充满罪恶色彩的氛围里，她愈是可爱愈是能诱惑人，其命运的悲剧色彩就愈加浓厚。那个小妓女如此，洛丽塔也是如此，只不过洛丽塔还年幼，只有十二岁，她被控制在继父亨伯特的欲望之绳下，因而她的命运更加酸楚动人，别具意味。

重要的是亨伯特，洛丽塔的继父和情人。这个形象使《洛丽塔》成了世界名著。

我想纳博科夫写此书是因为他对亨伯特发生了兴趣，《洛丽塔》的写作依据就是亨伯特的生活的内心依据。那么，亨伯特是什么？是一个年轻的中产阶级的绅士？是一个乱伦的霸占幼女的父亲？还是一个嫉妒的为恋情而杀人的凶手？我想都不是，亨伯特是一种欲望，是一种梦想，是一种生命，是一种苦难，也是一种快乐的化身，唯独不是概念和规则的象征。

从心理学的角度去分析亨伯特与洛丽塔的“父女”之恋是没有什么意义的。况且这是小说，不是病例。我觉得纳博科夫写的不是典型的乱伦故事，而是一种感人至深如泣如诉的人生磨难，乱伦只是诱惑读者的框架。再也没有比亨伯特的罪恶更炽热动人的罪恶了，再也没有比亨伯特的心灵更绝望悲观的心灵了，再也没有比亨伯特的生活更紧张疯狂的生活了。亨伯特带着洛丽塔逃离现实，逃离道德，逃离一切，凭借他唯一的需要——十二岁的情人洛丽塔，在精神的领域里漂泊流浪，这是小说的关节，也是小说的最魅人处。

亨伯特说：“我现在不是，从来也不是，将来也不可能是恶棍，我偷行过的那个温和朦胧的境地是诗人的遗产——不是地狱。”

亨伯特不是众多小说中刻画的社会的叛逆者，不是那种叛逆的力士形象。这与他的行为带有隐私和罪恶色彩有关。因此我说亨伯特只是一个精神至上的个人主义者形象。这种形象是独立的个性化的，只要写好了永远不会与其他作品重复，所以，在我读过的许多美国当代作家作品中，亨伯特是唯一的。他从汽车旅馆的窗口探出头来时，我们应该向他挥手，说一声：亨伯特，你好！

作为一个学习写作的文学信徒，我所敬畏的是纳博科夫出神入化的语言才能。准确、细致的细节描绘，复杂热烈的情感流动，通篇的感觉始终是灼热而迷人，从未有断裂游离之感，我想一名作家的书从头至尾这样饱满和谐可见真正的火候与功力。当我读到这样的细节描绘总是拍案叫绝：

> 离我和我燃烧的生命不到六英寸远就是模糊的洛丽塔！……她突然坐了起来，喘息不止，用不正常的快速度嘟哝了什么船的事，使劲拉了拉床单，又重新陷进

她丰富、暧昧、年轻的无知无觉状态……她随即从我拥抱的阴影中解脱出去，这动作是不自觉的、不粗暴的，不带任何感情好恶，但是带着一个孩子渴望休息的灰暗哀伤的低吟。一切又恢复原状：洛丽塔蜷曲的脊背朝向亨伯特，亨伯特头枕手上，因欲念和消化不良而火烧火燎……

事实上《洛丽塔》就是以这样的细部描写吸引了我。乱伦和诱奸是猥亵而肮脏的，而一部出色的关于乱伦和诱奸的小说竟然是高贵而迷人的，这是纳博科夫作为一名优秀作家的光荣。他重新构建了世界，世界便消融在他的幻想中，这有多么美好。

纳博科夫说："我的人物是划船的奴隶。"有了十二岁的女孩洛丽塔，就有了亨伯特。有了洛丽塔和亨伯特就有了《洛丽塔》这部巨著。

我们没有洛丽塔，没有亨伯特，我们拥有的是纳博科夫，那么，我们从他那儿还能得到些什么？

《城堡》：有一个地方，我们永远无法抵达[①]

卡夫卡是一位我认为要“打包”推荐的作家，他的太多作品都值得我们去读。因为我们的中学课本收录了《变形记》的一部分，所以几乎我们每个人都读过卡夫卡的作品。《变形记》的厉害之处在于，在整个世界——无论是哲学思潮还是文学史背景上——都还没有出现“异化”这个词的时候，卡夫卡就已经用小说为我们定义了“异化”。《变形记》可以代表卡夫卡作品的某一种风格，但只读《变形记》，还是读不出卡夫卡作品真正的深度。

卡夫卡是小说家中的哲学家，或者说是一个哲学家走入“歧途”，写了小说，让哲学有了叙事、人物的因素。他的每部小说看似不是在写现实，但其实处处都在写现实，这些小说被赋予了哲学意义，其实就是对人类生活做出的某种预

① 选自麦家、苏童、阿来、马家辉合著《好好读书：名家给年轻人的读书课》，北京：北京联合出版公司，二〇一八年八月。

言和判断。

《城堡》就是这样一部典型的作品。小说的故事非常简单，土地测量员K整天在小镇里跑来跑去，目的是要进入城堡。很多次他能很近、很清楚地看到城堡，但怎么也抵达不了。

按照我们的常识，你想要去某个城堡，一定会有很多条路可以到达。但《城堡》告诉你的是，你看见了目的地——一座城堡，也看到了有很多路可以通向那儿，但是每一条路对你都是关闭的，都是死路，肉眼可见的、不远处的城堡，你始终无法进入。这样的问题其实完全是一个哲学问题，你能看见某一个地方，但就是无法抵达。

小说以捷克[①]为背景。那时的法律，在现在看来是一部漏洞百出、无比荒唐的法律。比如小说中有一份非常重要的公文，被随意滞留在某一个地方，公文上的信息没有被顺利传达出去，使得小镇居民都不知道这个非常重要的信息。这是一种对现实社会的影射。

小说里这样的隐喻和表达很多，你可以理解为荒诞，也可以理解为黑色幽默，还可以理解为政治讽喻。总之，这部

① 当时叫奥匈帝国。

小说里藏着丰富的可阐述的意义。而主人公土地测量员K就成了这种哲学表达、政治表达，甚至是社会学表达的一个符号，当然，更多的是文学表达的符号——一个人看见了一座城堡，却无法到达。

不同于很多小说家所惯用的叙事、描写以及人物的塑造，卡夫卡将这个过程压得很扁、很小。如果用现实主义的方法对《城堡》进行文本分析，那么它所塑造的人物形象是难以捕捉到的。然而读完这部小说，每个人都会有一种感受，就是人生当中的某一个时刻，你会发现你自己就是那个土地测量员K，你的命运有可能就像这样：你每天在看着“城堡”说，我要到那里去。然而你走第一条路走不过去，你想反正人生还很长，那就走第二条路吧；但是第二条路也不通，幸好现在正逢中年，还可以走第三条路……但是你发现每一条路走到最后都是不通的。你一开始读这部小说可能觉得有隔膜，但读着读着，你能进入到这本书里，领悟到原来这本书讲的是自己，讲的是自己生命中的某一个时刻，或者说是命运当中最幽暗的、最幽闭的某一个阶段。所以，每个人在每一个时刻都有可能成为卡夫卡笔下的K，那个土地测量员。

《城堡》描写的不是我们日常生活里的世界，而是一个荒诞的寓言。但卡夫卡就是用这种荒诞的寓言式的阐述方式，对人类生活做出某种充满哲学性的预言，用一个“寓言”完成另外一个“预言”，用《伊索寓言》的这种“寓言”完成“诺查丹马斯预言”的那种“预言”——这是卡夫卡作品最大的意义。这也是为什么一百多年以后，人们——无论是文学界的专业人士、爱好严肃文学的读者，还是大众读者，把《城堡》看作是《圣经》一样的经典文本，并且列为卡夫卡必读的作品。

卡夫卡的另一部短篇小说《饥饿艺术家》，与《城堡》所表达的主题有些许类似。

《饥饿艺术家》写了一个杂耍艺人，他不耍刀枪棍棒，也不耍猴子宠物。他的杂耍是指把自己关在铁笼里，一直不吃饭，只“表演饥饿”。旁边有一个像审判员一样的人，带着这位“饥饿艺术家”到处表演。饥饿艺术家有一个台子，每天展示自己已经饥饿到了第几天，第三天……第三十天……最后饿得皮包骨头。

他们每到一个乡村，就给这个乡村带来欢乐。大家都想看一个人关在铁笼里不吃饭能维持多长时间。这其实是一种非常残忍的文化，但更残酷的是，饥饿艺术家的笼子，渐渐无人问津，因为热闹的马戏团出现了，大家都去看新兴的、时尚的马戏表演。所有人都绕过了“人”的表演而去看动物的表演，甚至帮饥饿艺术家完成仪式的人——饥饿艺术家旁边的那个审判员，也去围观狮子表演了。最终，饥饿艺术家被遗忘了。

渐渐地，铁笼旁边堆满了杂物，以至于人们都绕着铁笼走，他每天都听得到路过之人的欢声笑语，但是所有的声音都是向着动物而去，他的表演失去了意义，而且他已经饿得奄奄一息。突然有一天，一个像村长一样的人物，突然发现路边上的铁笼里还有一个人。那个人消瘦得只剩一副皮囊，睡在草堆里。他就去跟饥饿艺术家说话：“人家都不看你，为什么不出来吃点儿东西？反正你的表演已经失去意义。”饥饿艺术家回答：“不是我爱饥饿，而是因为我在这个世界上找不到我的食物。”

世界上有这么多食物，但一个人找不到自己的食物，这是一件很不可思议的事情。这和卡夫卡在《城堡》里想要表达的“世界上有那么一个地方，看得见但就是不可抵达”的主题是类似的。卡夫卡从来不直接去写关于孤独、决绝类的词语，但人与这个世界最深的隔阂，他只用那么一句话，就表达出来了。

《城堡》是一部没完成的作品，但它成了传世巨作，这是作者卡夫卡绝对预料不到的。

卡夫卡生前是个公务员，在法律事务所工作，这个法律事务所专门负责给底层的劳动人民、工人上保险。卡夫卡每天的工作很繁忙，但他又热爱写作，他认为自己的写作就是写着玩儿，从来不认为自己是一个大作家、好作家，这也是卡夫卡没有写完一部长篇小说的原因。

中外文学史上很少有作家在生前是没有一点儿自觉的，别的作家活着的时候就已经受到追捧，卡夫卡却认为自己“在文学史上可能没名气，可能会留下几笔”，他生前对自己的评价和认识低到了什么程度？现在所谓的卡夫卡博物馆里，几乎没有卡夫卡的创作手稿，因为他觉得自己的创作不应该留下来，而应该一把火烧掉。卡夫卡临死时嘱咐一个最好的朋友，在他死后要帮他把所有的、自认为不成器的作品烧光。但是他的朋友违背了他的遗愿，因为这个朋友明白卡夫卡文稿的价值。他把卡夫卡的很多手稿、作品都带到了以色列，并让其面世。一百多年来，卡夫卡这个名字变得越来越响亮，我想这也是卡夫卡生前没有预料到的。

因为他的朋友把他的很多手稿、作品都带到了以色列，所以出现了一个特别的现象：几乎所有卡夫卡的文稿都在以色列，而布拉格的卡夫卡博物馆里只有卡夫卡的请假条！

卡夫卡从年轻的时候就不停地生病。他做的是基层比较辛苦的工作，经常需要出差，出差回来后就会生病，需要去医院，需要请假。所以在卡夫卡的博物馆里，你看到的是一个病人不停地向老板、上司请假，写的各种各样的请假条。

卡夫卡生前默默无闻，死后声名鹊起，这种差别在文学史上是罕见的，但是这就是卡夫卡。卡夫卡的小说，隐喻着人类的困境，并且这种庞大的隐喻可以穿越时间空间影响现在的我们。他小说中那些看似无意的句子，却像预言一样。这就是卡夫卡在哲学上的意义，以及他真正的价值所在。

《霍乱时期的爱情》：爱是一场美好的霍乱[①]

《霍乱时期的爱情》与《百年孤独》相比，我完全不知道哪部更精彩。《百年孤独》是我们不应错过的经典，但是如果只看《百年孤独》，你还不知道马尔克斯真正的伟大，你需要看《霍乱时期的爱情》，最好再看《迷宫中的将军》，才能对这位真正的大师的写作风格有清晰的轮廓认识。

在《百年孤独》中，一切都是可以飞翔的，所有的鬼魂、幽灵，和平共处于每一个人物身上，人可以任意与鬼魂交流……这样的细节会给人一种印象，会认为这个作家怎么编出这样的情节，但是如果你看了马尔克斯个人生活的回忆录，你会发现原来这些都不是编的。马尔克斯作品中的魔幻情节多多少少是他遭遇的现实，而不是空想出来的，他几

---

① 选自麦家、苏童、阿来、马家辉合著《好好读书：名家给年轻人的读书课》，北京：北京联合出版公司，二〇一八年八月。

乎是把自己童年生活中所遭遇的每一件事情的记忆都复制了下来。

马尔克斯的童年时期，经常被送到外祖父家的大宅子，八岁的马尔克斯很闹腾，在房子里到处乱跑，家里人为了让他不要闹，就告诉他："你不能随便走动，如果你在这个院子里随便走动，就会惊扰到××伯伯的幽灵了，你别去这个房间，那个是×××……一个××奶奶的魂灵在……"一到傍晚，小孩最闹的时候，他的外祖母就给他一张凳子，让他坐在院子里别动，说"这时候你要小心，你不能乱走乱动"，其实只是为了不让他调皮。马尔克斯就坐在那里，脑子里充斥着没见过面的亲人的亡灵走动的声音，他真的感觉听见了那些亡灵清楚地在说话，在吵架。他所生活的那个国度和民族充满神话、鬼怪、幽灵的传说，所以《百年孤独》不是他凭空想象，而是通过生活中的某一个记忆再现这样的生活。

《霍乱时期的爱情》的不同之处在于，它更多的是用传统的写实主义手法写的，但也不像传统文学那样一板一眼、沉重累赘，他写得很轻很飘，或者说是写得有点飞翔的感觉。它的故事线索的铺排和它的结构方式，与《百年孤独》不太一样。《百年孤独》中时空转换、人物之间交错，跳转非常厉害。但《霍乱时期的爱情》叙事线索非常稳定，结构也很简单，它只围绕着一女两男和他们身边的那几个亲人展开，因此没有任何的阅读障碍。

书中写的是一场真正的爱情，而且在某种意义上特别温暖：一个特别漂亮的女孩，在青年时代嫁给了爱她的人乌尔比诺，另外一个爱她的男人阿里萨，一生都在追逐她，追逐这段似乎不可得的爱情。后来乌尔比诺死了，阿里萨终于得到了他的爱情。这里横空出现一个情节：有一个机会让他们坐上了同一条船。船长为了让这对年迈的、错失几十年的男女能够好好地在一起，在船上挂上了一面黄色的旗帜，代表这艘船上有霍乱，不能靠岸。最后只说他们会一直待在船上，但没有说他们要在船上待到什么时候，当然也没说一定要待到死。这种浪漫因为建立在如此庞大的爱的基础上，就已经不仅仅是浪漫，更是某一种力量，某一种心酸的力量，也可以说是某一种美的力量。爱，对于这些老人来说就是一场霍乱，它可能是致命的，但是在这里是美好的。

我认为这部小说里最成功的人物形象是阿里萨，一个爱上一个女人几十年而不得，一开始要为那个女人保持贞洁，后来为了破坏自己对这个女人的贞洁，放纵自己的生活，成了一个浪荡子。在几十年之后，乌尔比诺死了，他心目当中的年轻时追求的那个美女又恢复了自由，他又可以追求了。对于一个真正的圣徒来说，浪荡子也只不过是表象。

这部小说在那么多关于爱情的文本中显得与众不同的原因是什么呢？川端康成讲过一句话："青年人有爱情，老年人有死亡。"《霍乱时期的爱情》恰好对于川端康成的表述做出了一次极好的修正。老人既有爱情又有死亡，这里的死亡变得很动人，爱情就变得更加动人。一个好看的爱情故事——向着它应该发展的方向发展，而在每一个发展的同时，它所给予你的都超出了你的预期，这就是《霍乱时期的爱情》的必读之处。

《霍乱时期的爱情》里，人物刻画的细腻程度，与《百年孤独》大开大合的快节奏是完全不同的，它有西方文学精雕细刻的写实手法，同时有规律的想象力也在起作用。所以我觉得《霍乱时期的爱情》与《百年孤独》可以并列为马尔克斯最伟大的两部长篇小说。

马尔克斯自己最得意的作品是《迷宫中的将军》，这部小说以拉美的民族之父玻利瓦尔的晚年为蓝本，小说没有段落，每一章从第一个字到最后是不分段的。但我还真不认为它比《霍乱时期的爱情》写得好，当然每一个作家对自己的作品有时候也不一定很客观，这只是他的想法。马尔克斯有太多精彩的中短篇小说，比如早期的《枯枝败叶》《飞机上的睡美人》，再比如《礼拜二午睡时刻》，这些小说你会看到马尔克斯有巫师般的叙事能力，尽管有很好的中文译本，但我们可能还是不懂西班牙语的一些深层次的表达方式。

比如《礼拜二午睡时刻》里写“热”，一户人家的儿子在外地被当成小偷打死了，他母亲带着女儿坐火车去上坟，马尔克斯写酷日当中铁路旁边的景色，然后写儿子被打死的地方像春风吹过一样的阴凉，在路上那么热，一到那个地方就感觉凉快了。温度的对比，透出一种死亡的气息。这是很深层次的表达方式。再比如他写香蕉林，你仿佛能闻到香蕉味。最近我还看到一篇马尔克斯写得非常真挚的纪念他逝去的好朋友，一个拉美作家科塔萨尔的文章。当时我是在火车上阅读这篇文章，简直是一会儿想笑，一会儿想哭。即使写这么一篇悼文，也透露出他是一个巨匠的能力。所以谈马尔克斯其实不是推荐一部作品，而是推荐这一个作家的问题，他一生的作品都不要漏过。如果不读马尔克斯，我相信你会错过和一个文学大师在文字里交流的机会。

很多人说你青年时代喜爱的一个作家，有可能随着时间的流逝和自身的一些经验、理性的成长和成熟，会减弱你对他的热爱。很多情况下是这样的，但马尔克斯永远只给你惊喜，无论是什么类型的故事，他一定把它讲到最好。所以我特别建议，大家不要把马尔克斯当作一个拉美魔幻主义潮流中的典型作家、代表作家去读，而要把他当作一个伟大的经典作家去读，这样对大家的文学经验提升一定会很有帮助。

王琦瑶的光芒——谈王安忆《长恨歌》的人物形象[①]

一部优秀小说里的主人公应该是一盏灯，不仅照亮自己的面目，也要起到路灯的作用，给别的人物做向导，指引他们的来路，也要起到更大的探照灯的作用，给整部小说提供空间照明。

从亮度和色彩上看，《长恨歌》读起来忽明忽暗，那是因为小说里的主人公王琦瑶很像是一盏灯，在从一九四六年到一九八五年这段漫长的时间段里，这盏灯忽明忽暗的，社会现实的变化很像一种不稳定的电压，导致这盏灯的灯光光源的不稳定，尽管这一束持续四十年的灯光不足以照亮上海的夜空，甚至不能完全照亮小布尔乔亚的狭窄地界，但对于王琦瑶的世界来说，这盏灯是一个完美的光源。

---

① 原载《扬子江评论》，二〇一六年第五期。

王琦瑶的世界是上海，很大也很小，上海在这篇小说里很像一个精心搭建的舞台，王琦瑶从不离场，很像一盏灯，其他的人物都是灯下的过客。过客走过灯下，在灯下逗留的时间有长有短；对灯的感觉有的依恋，有的好奇，有的既不依恋也不好奇，仅仅是需要一盏灯。当以程先生、蒋丽莉、老克腊为代表的这些过客走过灯下的时候，灯光有时无动于衷，无动于衷了很久，再慢慢亮起来（比如程先生）；有时会随着来人的脚步声亮起来，亮了再暗淡下去（比如李主任、老克腊、康明逊）；有时过客自己也是一盏灯，是来喧宾夺主的，于是王琦瑶这盏灯一方面要收纳别人的灯光，另一方面还要用自己的灯光覆盖别人的灯光（比如蒋丽莉、张永红）。但是不管怎么说，王琦瑶的灯光最终要熄灭，是宿命的灯光，它只能亮四十年——控制灯光的是定时开关，从她跟吴佩珍去片场看见那个扮演死人的女演员之后算起，只能亮四十年——这是一盏灯的使用年限，也是人物的最终命运。

我们来看王琦瑶到底是一个什么样的女人。在小说第一章的末尾，王安忆对人物俯瞰式的预先描绘很值得注意，可以看作是对王琦瑶气质的概括，也可以看作是王琦瑶出场的白皮书宣言，用的是一种很奇特的人和地点对照的手法，始终是将王琦瑶和上海弄堂统一在一起，意图是让她充当上海弄堂的灵魂——王琦瑶出场，上海的弄堂也出场了。

“上海的弄堂里，每个门洞里，都有王琦瑶在读书，在绣花，在同小姐妹窃窃私语，在和父母怄气掉泪。上海的弄堂总有着一股小女儿情态，这情态的名字就叫王琦瑶。这情态是有一些优美的，也不那么高不可攀，而是平易近人、可亲可爱的。它比较谦虚，比较温暖，虽有些造作，也是努力讨好的用心，可以接受的。它是不够大方和高尚，但本也不打算谱写史诗，小情小调更可人心意，是过日子的情态。它有点小心眼，小心眼要比大道理有趣。它还有点耍手腕，也是（耍得）有趣的，它难免有些村俗，却已经过文明的淘洗”。“弄堂墙上的绰绰月影，写的是王琦瑶的名字——纱窗帘后面的婆娑灯光，写的是王琦瑶的名字——叫卖桂花粥的梆子敲起来了，好像是给王琦瑶的夜晚数更，三层阁里吃包饭的文艺青年，在写献给王琦瑶的新诗，出去私会的娘姨悄悄溜进了后门，王琦瑶的梦却已不知做到了什么地方。上海弄堂因为有了王琦瑶的缘故，才有了情味——因为这情味，便有了痛楚，这痛楚的名字，也叫王琦瑶。”

所以种种暗示都告诉我们，王琦瑶如果是一盏灯，它所发出的光芒首先是弄堂的光芒，反过来说，王琦瑶不一定能承担弄堂的灵魂这样的角色，但弄堂生活中最亮的光芒，也就是王琦瑶的光芒。

我们来看看王琦瑶身上闪烁的是什么光芒。

身世和经历：她是一个普通的上海弄堂女孩，家景既不很好，也不很差，十七岁参加上海小姐选美，获得第三名，有一个含蓄的意味深长的封号：沪上淑媛。推敲起来，这是一种留有余地的褒奖，这封号的主人一定是美丽的，但美得有分寸感，不是那么张牙舞爪咄咄逼人，不是外滩和南京路的气势，它的美也是弄堂之美，谦虚地低了头的美，符合王琦瑶的身份，也符合弄堂的地位，褒奖王琦瑶，从某种意义上也是褒奖弄堂。王琦瑶在选美比赛中的角色和地位，也是上海的弄堂在上海的角色和地位，对王琦瑶的认同与否，对王琦瑶的认同程度，可以看出上海的趣味和胸怀。

但一个人不是一条弄堂，他是有内心生活的，人生的道路总比弄堂的路面要曲折得多要漫长得多，任何的风吹草动，都会给他留下记忆。有的记忆一生都是他的包袱，有的包袱可以随时丢弃，有的丢不了，也不愿意丢，所以有的人一生都是带着沉重的包袱前行的，王琦瑶就是这么一个带着包袱前行的人。十七岁她就得到了那个包裹，那包裹是在她三心二意半推半就的努力下获得的，最初是灿烂的，有重量的，但渐渐地包裹的颜色旧了，分量也越来越轻。当她意识到那包裹的意义时，包裹其实已经是空空荡荡的了。王琦瑶后来一直拿着一个空包裹，从一个少女渐渐地徐娘半老，上海变成了一个红旗下的城市，一个城市的繁华还在，生机还在，但一个人的繁华已经不在了。一个人的青春已经过期了，王琦瑶就是一个过期的人。当她懂得繁华时，来敲门的是寂寞，她学会在寂寞中怀念繁华时，繁华已经变成一个无法挽留的过去时。总体上说，王琦瑶的命运比弄堂的命运更加复杂，更加难以算计，但始终有一只无形的手，把王琦瑶和弄堂纠葛在一起。如果弄堂有记忆，王琦瑶就是弄堂记忆中最亮的一盏灯，而弄堂恰好也是王琦瑶生命中最重要的一盏灯。在《长恨歌》里，王琦瑶一生中有两次离开弄堂：一次是在选美前后客居同学蒋丽莉家中，那个家是所谓的有钱人家的豪宅；还有一次是被李主任包养那段时间，住在爱丽丝公寓里，但一个是别人的家，一个虽然是家，却更像一个冷宫，是为无休止的等待和煎熬准备的。王琦瑶的一帘幽梦破碎以后，她还是回到了弄堂，弄堂的名字叫平安里。有趣的是，我们在这里甚至可以看出作者对人物前途的担忧，平安里，让王琦瑶在这里生活得平安一些吧。

但平安里是保不了王琦瑶的平安的，在王琦瑶的字典里，从来就没有承诺，从少女时代处理人际关系的方法开始，“王琦瑶就靠着这个不承诺保持着平衡。不承诺是一根细钢丝，她是走钢丝的人，技巧是第一，沉着镇静也是第一”。王琦瑶的人生哲学是一种弄堂哲学，作为另一种平衡，平安里对她的平安，也做不了承诺。而王琦瑶的一生如果写成一本字典，这字典里最大的两个字是“错失”。她一生投入的唯一一次爱情是在爱丽丝公寓里做金丝鸟时对李主任的爱，独守空阁，天天等待着爱人，但当行踪不定的李主任利用仅有的两个小时空隙回到爱巢的时候，王琦瑶却恰好出门去了。时局混乱的时候，王琦瑶曾经有机会与吴佩珍一起去香港，但她为了等李主任回来，错过了去香港，等来的却是李主任飞机失事的噩耗。王琦瑶一生都在与人打交道，但这些交道打下来的记录都是空白，她错失了爱情、友情、亲情，错失了婚姻、家庭，唯一留下的女儿薇薇，最后也随着自己的丈夫去了美国。王琦瑶的时光要比别人长，因为她始终在等。她在四十年后依稀等到了什么，在“红房子西餐馆”请女儿女婿吃西餐的时候，王琦瑶“禁不住有些纳闷：她的世界似乎回来了，可她却成了一个旁观者”。在王琦瑶给女儿准备嫁妆的时候，那种“错过”的感觉更加到了无可挽回的地步——“王琦瑶给薇薇准备嫁妆，就好像给自己准备嫁妆。这一样样，一件件，是用来搭一个锦绣前程。这前程可遇不可求，照理说每人都有一份，因此也是可望的。那缎面上同色丝线的龙凤牡丹，宽折复褶的荷叶边，镂空的蔓萝花枝，就是为那前程描绘的蓝图”。可是，“王琦瑶从来没有给自己买过嫁妆，这前程是被她绕着走过的，她走出去老远四下一看，却已走到不相干的地方”。

王琦瑶是绕着她的前程走的，但是她的前程是什么，其实她也不知道。谁都不知道，她走到了一个不相干的地方，那么与她相干的地方在哪里？那个地方还在吗？其实她也说不清楚，我们谁都说不清楚。我们只能确认，“错过”这个词语可以贴切地描绘王琦瑶的生活状态，王琦瑶的光芒就是在一次次的错过中消耗的，所以说王琦瑶这盏灯亮了暗了，什么时候熄灭，都是一个消耗的过程。灯下的弄堂是旁观者，灯下的那些过客也是旁观者，他们都不同程度地进入了王琦瑶的灯光范围里，进入了她的生活，但他们不能也不敢去掌控这盏灯的开关，不能阻止那种“消耗”，所以没有人能够维护或者修理王琦瑶这盏灯。

王琦瑶的灯光吸引了许多男女走到她身边，小说的人物关系很清楚，王安忆自己有一句话可能无关小说内在的主题，倒是非常清楚地解释了小说人物圈的设计思想，在

《长恨歌，不是怀旧》这篇采访中，王安忆说，“《长恨歌》很应时地为怀旧提供了资料，但它其实是个现时的故事，这个故事就是软弱的小布尔乔亚覆灭在无产阶级的汪洋大海中”。《长恨歌》里用四十年代做了背景，这不代表怀旧，关键在于从四十年代到八十年代，偌大的上海，偌大的人群，去说谁的故事？用谁的故事去观照这个现时？王安忆是从小布尔乔亚开始着手的，所以她设置的人物圈经过了谨慎的过滤和筛选，是一个小规模的小布尔乔亚的队伍，程先生、蒋丽莉、严家师母、毛毛娘舅等人围绕着王琦瑶这朵小布尔乔亚的花朵，在四十年的时代风云变幻里，在无产阶级的背景音乐里，被挤压，被调整，被冲散，然后是新的组合，渐渐变形，直至最后无产阶级的长脚、张永红加入这支队伍（这其中甚至也可以包括王琦瑶养育的无产阶级的女儿），随着王琦瑶的死，这支队伍便彻底覆灭了。

《长恨歌》里的人物几乎都是王琦瑶灯下的过客，来了又走，走了又回来的，主要是程先生和蒋丽莉。他们和王琦瑶组成的人物关系是小说里唯一一组纵深的人物关系，是三角恋爱的关系，但三个人的情感纠葛是在二十年后，随着蒋丽莉的死，做了了断，隔了两个时代，读起来便是一种很沧桑的三角恋爱，比平面的三角恋爱高明许多。王琦瑶、程先生和李主任三人之间也有模糊一些的三角恋爱的味道，虽然人物没有纠缠，但在第一部第四章里有一段很精彩的描写：“王琦瑶的世界很小，是个女人的世界，是衣料和脂粉堆砌的，有光荣也是衣锦脂粉的光荣，是大世界上空浮云一样的东西。程先生虽然是个男人，可由于温存的天性，也由于要投合王琦瑶，结果也成了个女人，是王琦瑶这小世界的一个俘虏（提醒男同学们注意）。李主任却是大世界的人。那大世界是王琦瑶不可了解的，但她知道小世界是由大世界主宰的，那大世界是基础一样，是立足之本。”在两个男人之间，王琦瑶选择李主任，是情的选择，也是世界观的选择，这一组人物关系由于李主任飞机失事，死了一个，后面没有做任何铺陈，但这两个男人加上王琦瑶，仍然组成了一个链条，传达着男女关系中最美好的声音。在王琦瑶的小世界里，李主任是情的化身，程先生是义的化身。情寿命不长，李主任寿命也就不长；义是要靠时间证明的，所以程先生活到了足够证明的时间，他死在“文革”的前夕。

《长恨歌》里的人物队伍不是被王琦瑶的美所吸引，就是被那顶选美的桂冠所吸引，并没有人被她的内心所吸引：当王琦瑶风华正茂的时候，他们向王琦瑶走来，有的是出于少女才有的同性间的纯真友情，比如吴佩珍；有的目的中既有对友情的向往，也有对他人世界的侵占欲，比如蒋丽莉；有的人不知是出于情欲还是爱，比如李主任（这个人凭什么成为王琦瑶的“情”的化身，小说里没有足够的描写，我认为也是小说中不多的漏洞之一）；有的人最能代表小布尔乔亚的情感，爱着王琦瑶，更多的是爱照片里的王琦瑶，与其说爱王琦瑶，不如说爱的是一个梦。程先生就是这么一个典型的小布尔乔亚的人物，尽管程先生对王琦瑶的爱不食人间烟火，有点过，但是符合人物的心理逻辑。

当王琦瑶在无产阶级的背景音乐里开始她的新生活时，她身上的小布尔乔亚的气息吸引了另外一批人，除了用情专一的程先生外，另外有一批人来到王琦瑶的灯光下重温旧日的繁华梦，或者是要用这灯光来排遣自己的寂寞，比如严家师母、康明逊、萨沙。这些人不一定都来自无产阶级的阵营，萨沙甚至还是共产国际者的后代，但有一点是确凿无疑的，他们不是无产阶级。在五六十年代工人阶级至高无上的上海，尽管王琦瑶自己是在靠替人打针注射谋生，但她的生活圈子仍然延续着旧时代的轨迹，她与气味相投者交往，只是那些人已经不是上海生活的主流，是边缘化的人群，是旧上海的遗老遗少了。

这个时期的王琦瑶像一条破烂的船停在狭窄的港湾里，

已经没有梦想，港湾里任何一个小小的波浪都可以掀动这条船，所以，平庸的康明逊的出现，竟然改变了王琦瑶的人生，给她留下了一个私生女儿薇薇。这个时期的王琦瑶似乎开始堕落了，她周旋在程先生、康明逊、萨沙三个男人之间，很明显，三个男人都不能替代李主任在她心目中的位置。对于王琦瑶来说，李主任代表的那个情的世界是不可再生的，她只是在他们身上寻找依靠，三个男人都是矮子里的将军。人到中年的女人，她的矜持和伪装看上去成熟，感情世界和功利目的难以剥离，虽然有了弹性，但仍然是脆弱的。王琦瑶与康明逊的关系始终是两个过来人之间的试探，战战兢兢的，怕这儿怕那儿的，但是又互相需要。在王琦瑶看来，自己的前途已经不能托付给别的男人了，但她的欲望和身体还是在挑选男人。既然她是个不许诺的女人，那挑选康明逊这个不许诺的男人，是最公平的，也是最安全的。有关这对孤男寡女偷偷摸摸的情爱，就像一场凄凉的性别的战争，王安忆是敲足了战鼓，但省略了金戈铁马，刀光剑影，“这是揭开帷幕的晚上，帷幕后头的景象虽不尽如人意，毕竟是新天地。它是进一步，也是退而求其次，是说好再做，也是做了再说，是目标明确，也是走到哪儿算哪儿！他们俩都有些自欺欺人，避难就易，因为坚持不下去，彼此便达成妥协”。王琦瑶与康明逊的关系，在王琦瑶这边是对自我的妥协，但是王琦瑶处理与程先生的关系，是不妥协的，即使是在物品短缺的“三年自然灾害”的年代，她可以与程先生一起度过饥饿的白天，却把黑夜留给自己，从不留他过夜。她用这么一种奇特的方式来报答程先生的恩情，看起来是身体上的排斥，其实是对一种感情小心翼翼的维护，是世故，也是对程先生身上所体现的“义”的尊重。相反，王琦瑶与萨沙的关系，则充分体现了王琦瑶的弄堂哲学，你吃了我的，喝了我的，总要吃回来喝回来的，与我交朋友，我付出一分，你是要回报三分的，因此，萨沙这么个“除了有时间，什么都没有”的人，在王琦瑶和康明逊的感情游戏中，成了一个玩偶、一个牺牲品，王琦瑶在怀孕以后，甚至毫无顾忌地把“父亲”那顶帽子戴在了萨沙头上。这个时期王琦瑶作为一个女人的身份是值得注意的，一方面她开始堕落了，一方面似乎又正常了——王琦瑶成了一个母亲，尽管这母亲当得有点可疑。对于大多数女人来说，母亲的身份可以让她的灯光更亮，但对于王琦瑶来说，这是一个更暗淡的生命周期的开始。她蜷缩的世界里多了一个人，也多了一份责任，她从不许诺，但对于自己的亲生女儿，她不能不许诺，所以，我们从人性的角度来看，王琦瑶的生活多了一丝幸福，从另一个角度看却不一定，也许她遇见康明逊是遇见了苦难。至此，王琦瑶摇曳的灯光变得稳定了，可是也可能是更暗淡了。

然后是八十年代，王琦瑶生命中的最后一个时期，仍然有人从她的灯光下来来往往。这个时期，她其实主要是在跟下一代打交道——张永红、老克腊、长脚这些人。这些人中，她与张永红的相遇是两个时代的美女的相遇，这相遇伴随着复杂的情感，多少带着一些对抗色彩，又不仅对抗，还在对抗中磨合，互相渗透互相影响。这就像一只老一点的五彩孔雀和一只年轻的白孔雀，它们走到一起，谁也吃不了谁，最后一起开屏了，谁也不吃谁。请一定注意王琦瑶和张永红的关系，她们的关系其实也影射了两个时代、两个阶层的对抗和磨合，同时也多少透露了作者本人对历史和现实的态度，那态度是和解的、与人为善的。当然，小说的后半部分王琦瑶与老克腊的忘年恋是重头戏，也是完成王琦瑶灯光最后一亮的强电流。从某种意义上说，这也是《长恨歌》中最精彩的人物安排，老克腊要从年老色衰的王琦瑶身上寻找虚幻，王琦瑶却在人生最后一个秋天，要从老克腊身上寻找现实，挽留失去的时光。她以为老克腊能够填补她内心的巨大的空白，但老克腊不是王琦瑶的填充物，也不是她的救命稻草。王琦瑶身上的传奇色彩满足了老克腊的好奇心，王琦瑶很像是老克腊私人收藏的古董，欣赏的意义大于其他意义，古董只能被陈列被展示，它是不可以情绪冲动，把收藏者揽入怀中的。王琦瑶一生在与男人的游戏中始终处于上风，在与老克腊的情感纠葛中，不可避免地处于下风了，其内在的原因还是不甘心。王琦瑶已经成了一个古董花瓶，但她不甘心做一个古董花瓶，于是破碎便成了她最终的命运，她的灯光明明暗暗地亮了几十年，最后的一亮没有亮出新的故事，而是新的事故。就像王琦瑶和老克腊之间年龄的距离一样，他们的情感世界其实相隔十万八千里，这种爱的结果，对于王琦瑶来说，仍然是两个字，“错过”，也许还要加一个字：“错”。王琦瑶的选择都是错，所有错误的选择加在一起，其命运必然是“错过”。反过来看，我们也许可以发现，所有来到王琦瑶面前的人物，不管是怎么来的，不管是怎么走的，其结果都一样，承担了一个险恶的使命，都是来逼迫王琦瑶作出一个错误的选择。王琦瑶无法逃避那些人，为什么？因为她无法逃避她的命运。

王琦瑶的灯光最后灭于长脚之手，让长脚来熄灭王琦瑶的灯光，是否是一个最好的选择？我一直心存疑窦，这样看起来是一个偶然，也许符合现实生活中那些不期而遇的死亡逻辑，也许能暗指王安忆所说的让“小布尔乔亚死于无产阶级的汪洋大海”的主题，但是我觉得纵观整部小说，长脚如果一定要过失杀人，应该去杀别人，杀王琦瑶的，也许应该是老克腊。如果是这样，现有的《长恨歌》篇幅可能要更长，那个意味深长的“恨”字，含义也就更加悠长了。

同学们你们回去思考一下，为什么《包法利夫人》是自杀，为什么《长恨歌》里的王琦瑶是他杀；这两个人物的命运有什么重合的地方，又有什么样的不同；从人物的背后，你们对作者的创作思想有什么认识。下堂课告诉我你们的答案。

老舍

《红楼梦》并不是梦[①]

我只读过《红楼梦》，而没做过《红楼梦》的研究工作。

很自然地，在这里我只能以一个小小的作家身份来谈谈这部伟大的古典著作。

我写过一些小说。我的确知道一点，创造人物是多么困难的事。我也知道：不面对人生，无爱无憎，无是无非，是创造不出人物来的。

在一部长篇小说里，我若是写出来一两个站得住的人物，我就喜欢得要跳起来。

我知道创造人物的困难，所以每逢在给小说设计的时候，总要警告自己：人物不要太多，以免贪多嚼不烂。

看看《红楼梦》吧！它有那么多的人物，而且是多么活

① 原载《人民文学》十二月号，一九五四年十二月七日。

生活现、有血有肉的人物啊！它不能不是伟大的作品；它创造出人物，那么多那么好的人物！它不仅是中国的，而且也是世界的，一部伟大的作品！在世界名著中，一部书里能有这么多有性格有形象的人物的实在不多见！

对这么多的人物，作者的爱憎是分明的。他关切人生，认识人生，因而就不能无是无非。他给所爱的和所憎的男女老少都安排下适当的事情，使他们行动起来。借着他们的行动，他反映出当时的社会现实。这是一部伟大的现实主义作品，而绝对不是一场大梦！

我们都应当为有这么一部杰作而骄傲！

对于运用语言，特别是口语，我有一点心得。我知道这不是一件容易的事。

首先要知道：有生活才能有语言。文学作品中的语言必须是由生活里学习来的，提炼出来的。我的生活并不很丰富，所以我的语言也还不够丰富。

其次，作品中的人物各有各的性格、思想和感情。因此，人物就不能都说同样的话。虽然在事实上，作者包写大家的语言，可是他必须一会儿是张三，一会儿又是李四。这就是说，他必须和他的人物共同啼笑，共同思索，共同呼吸。只有这样，他才能为每个人物写出应该那么说的话来。

若是他平日不深入的了解人生，不同情谁，也不憎恶谁，不辨好坏是非，而光仗着自己的一套语言，他便写不出人物和人物的语言，不管他自己的语言有多么漂亮。

看看《红楼梦》吧！它有多么丰富、生动、出色的语言哪！专凭语言来说，它已是一部了不起的著作。

它的人物各有各的语言。它不仅教我们听到一些话语，而且教我们听明白人物的心思、感情；听出每个人的声调、语气；看见人物说话的神情。书中的对话使人物从纸上走出来，立在咱们的面前。它能教咱们一念到对话，不必介绍，就知道那是谁说的。这不仅是天才的表现，也是作者经常关切一切接触到的人，有爱有憎的结果。

这样，《红楼梦》就一定不是空中楼阁，一定不是什么游戏笔墨。

以上是由我自己的写作经验体会出《红楼梦》的如何伟大。以下，我还是按照写作经验提出一些意见：

一、我反对《红楼梦》是空中楼阁，无关现实的看法：我写过小说，我知道小说中不可能不宣传一些什么。小说中的人物必须有反有正，否则毫无冲突，即无写成一部小说的可能。这是创作的入门常识。既要有正有反，就必有爱有憎。通过对人物的爱憎，作者就表示出他拥护什么，反对什么，也就必然的宣传了一些什么。不这样，万难写出任何足以感动人的东西来。谁能把无是无非，不黑不白的一件事体写成感动人的小说呢？《红楼梦》有是有非，有爱有憎，使千千万万男女落过泪。那么，它就不可能是无关现实，四大皆空的作品。

二、我反对“无中生有”的考证方法：一部文学作品的思想、人物和其他的一切，都清楚的写在作品里。作品中写了多少人物，就有多少人物，别人不应硬给添上一个，或用考证的幻术硬给减少一个。作品里的张三，就是张三，不许别人硬改为李四。同样的，作品中的思想是什么，也不准别人代为诡辩，说什么那本是指东说西，根本是另一种思想，更不许强词夺理说它没有任何思想。

一个尊重古典作品的考据家的责任是：以唯物的辩证方法，就作品本身去研究、分析和考证，从而把作品的真正价值与社会意义介绍出来，使人民更了解、更珍爱民族遗产，增高欣赏能力。谁都绝对不该顺着自己的趣味，去“证明”作品是另一个东西，作品中的一切都是假的，只有考证者所考证出来的才是真的。这是破坏民族遗产！这么考来考去，势必最后说出：作品原是一个谜，永远猜它不透！想想看，一部伟大的作品，像《红楼梦》，竟自变成了一个谜！

荒唐！

我没有写成过任何伟大的作品，但是我决不甘心教别人抹杀我的劳动，管我的作品叫作谜！我更不甘心教我们的古典作品被贬斥为谜！

三、我反对《红楼梦》是作者的自传的看法：我写过小说，我知道无论我写什么，总有我自己在内；我写的东西嘛，怎能把自己除外呢？可是，小说中的哪个人是我自己？哪个人的某一部分是我？哪个人物的一言一行是我自己的？我说不清楚。创作是极其复杂的事。人物创造是极其复杂的综合，不是机械的拼凑。创作永远离不开想象。

我的人物的模特儿必定多少和我有点关系。我没法子描写我没看见过的人。可是，你若问：某个人物到底是谁？或某个人物的哪一部分是真的？我也不容易说清楚。当我进入创造的紧张阶段中，我是随着人物走，而不是人物随着我走。我变成他，而不是他变成我，或我的某个朋友。不错，我自己和我的某些熟人都可能在我的小说里，可是，我既写的不是我，也不是我的某些朋友。我写的是小说。因为它是小说，我就须按照创作规律去创造人物，既不给我写自传，也不给某个友人写传记。你若问我：你的小说的人物是谁？我只能回答：就是小说中的人物。

我的作品的成功与否，在于我写出人物与否，不在于人物有什么“底版”。

假若我要写我自己，我就写自传，不必写小说。即使我写自传，我写的也不会跟我的一切完全一样，我也必须给自己的全部生活加以选择，剪裁。艺术不是照像。

有的“考证家”忘了，或不晓得，创作的规律，所以认为《红楼梦》是自传，从而拼命去找作者与作品中人物的关系，而把《红楼梦》中的人物与人物的关系忘掉，也就忘了从艺术创作上看它如何伟大，一来二去竟自称之为不可解之谜。这不是考证，而是唯心的夹缠。这种“考证”方法不但使“考证家”忘了他的研究对象是什么，而且会使某些读者钻到牛犄角里去——只问《红楼梦》的作者有多少女友，谁是他的太太，而忘了《红楼梦》的社会意义。这是个罪过！

是的，研究作家的历史是有好处的。正如前面提过的，作家在创作的时候，不可能把自己放在作品外边。我们明白了作家的历史，也自然会更了解他的作品。

可是，历史包括着作家个人的生活和他的时代生活。我们不应把作家个人的生活从他的时代生活割开，只单纯的剩下他个人的身世。专研究个人的身世，而忘记他的时代，就必出毛病。从个人身世出发，就必然会认为个人的一切都是遗世孤立，与社会现实无关的。这么一来，个人身世中的琐细就都成为奇珍异宝，当作了考证的第一手资料。于是，作家爱吸烟，就被当作确切不移的证据——作品中的某人物不也爱吸烟么？这还不是写作家自己么？这就使考证陷于支离破碎，剥夺了作品的社会意义。

过去的这种繁琐考证方法，就这么把研究《红楼梦》本身的重要，转移到摸索曹雪芹的个人身边琐事上边去。一来二去，曹雪芹个人的每一生活细节都变成了无价之宝，只落得《红楼梦》是谜，曹雪芹个人的小事是谜底。我反对这种解剖死人的把戏。我要明白的是《红楼梦》反映了什么现实意义，创造了何等的人物等等，而不是曹雪芹身上长着几颗痣。

是时候了，我们的专家应该马上放弃那些猜谜的把戏，下决心去严肃的以马列主义治学的精神学习《红楼梦》和其他的古典文学作品。

关于鲁迅先生

我所认识的鲁迅先生，是从他的著作中见到的，我没有与他会过面。当鲁迅先生创造出阿Q的时候，我还没想到到文艺界来作一名小卒，所以就没有访问求教的机会与动机。及至先生住沪，我又不喜到上海去，故又难得相见。四年前的初秋，我到上海，朋友们约我吃饭，也约先生来谈谈。可是，先生的信须由一家书店转递；他第二天派人送来信，说：昨天的信送到得太晚了。我匆匆北返，二年的工夫没能再到上海，与先生见面的机会遂永远失掉！

在一本什么文学史中（书名与著者都想不起来了），有大意是这样的一句话："鲁迅自成一家，后起摹拟者有老舍等人。"这话说得对，也不对。不对，因为我是读了些英国的文艺之后，才决定也来试试自己的笔，狄更斯是我在那时候最爱读的，下至于乌德豪司[1]与哲扣布[2]也都使我欣喜。这就难怪我一拿笔，便向幽默这边滑下来了。对，因为像阿Q那样的作品，后起的作家们简直没法不受他的影响；即使在文学与思想上不便去摹仿，可是至少也要得到一些启示与灵感。它的影响是普遍的。一个后起的作家，尽管说他有他自己的创作的路子，可是他良心上必定承认他欠鲁迅先生一笔债。鲁迅先生的短文与小说才真使新文艺站住了脚，能与旧文艺对抗。这样，有人说我是“鲁迅派”，我当然不愿承认，可是决不肯昧着良心否认阿Q的作者的伟大，与其作品的影响的普遍。

我没见过鲁迅先生，只能就着他的著作去认识他，可是现在手中连一本书也没有！不能引证什么了，凭他所给我的印象来作这篇纪念文字吧。这当然不会精密，容或[3]还有很大的错误，可是一个人的著作能给读者以极强极深的印象，即使其中有不尽妥确之处，是多么不容易呢！看了泰山的人，不一定就认识泰山，但是泰山的高伟是他毕生所不能忘记的，他所看错的几点，并无害于泰山的伟大。

---

① 今译沃德豪斯（一八八一～一九七五），英国小说家、抒情诗人和剧作家，代表作有短篇小说集《周末沃德豪斯》《沃德豪斯集锦》。

② 今译雅各布斯（一八六三～一九四三），英国短篇小说家。

③ 也许，或许。用于书面，表示可能性。

看看《鲁迅全集》的目录，大概就没人敢说：这不是个渊博的人。可是渊博二字还不是对鲁迅先生的恰好的赞词。学问渊博并不见得必是幸福。有的人，正因其渊博，博览群籍，出经入史，所以他反倒不敢道出自己的意见与主张，而取着述而不作的态度。这种人好像博物院的看守者，只能保守，而无所施展。有的人，因为对某种学问或艺术的精究博览，就慢慢的摆出学者的架子，把自己所知的那些视为研究的至上品，此外别无他物，值得探讨，自己的心得是前无古人，后无来者；假若他也喜创作的话，他必是从他所阅览过的作品中，求字字句句有出处，有根据；他“作”而不“创”。他牺牲在研究中，而且牺牲得冤枉。让我们看看鲁迅先生吧。在文艺上，他博通古今中外，可是这些学问并没把他吓住。他写古文古诗写得极好，可并不尊唐或崇汉，把自己放在某派某宗里去，以自尊自限。古体的东西他能作，新的文艺无论在理论上与实验上，他又都站在最前面；他不以对旧物的探索而阻碍对新物的创造。他对什么都有研究的趣味，而永远不被任何东西迷住心。他随时研究，随时判断。他的判断力使他无论对旧学问或新知识都敢说话。他的话，不是学究的掉书袋，而是准确的指示给人们以继续研讨的道路。

学问比他更渊博的，以前有过，以后还有；像他这样把一时代治学的方法都抓住，左右逢源的随时随事都立在领导的地位，恐怕一个世纪也难见到一两位吧。吸收了五四运动的“从新估价”的精神，他疑古反古，把每时代的东西还给每时代。博览了东西洋的文艺，他从事翻译与创作。他疑古，他也首创，他能写极好的古体诗文，也热烈的拥护新文艺，并且牵引着它前进。他是这一时代的纪念碑。在文艺上，事事他关心，事事他有很高的成就。天才比他小一点的，努力比他少一点的，只能循着一条路线前进，或精于古，或专于新；他却像十字路口的警察，指挥着全部交通。在某一点上，有人能突破他的纪录，可是有谁敢和他比比“全能”比赛呢！

也许有人会说：在文艺理论方面，鲁迅先生只尽了介绍的责任，并未曾建设出他自己的有系统的学说；而且所介绍的也显着杂乱不纯。假若这话是对的，就请想想看吧；批判别人的时候，不是往往忘却别人的努力，而老嫌人家作得不够吗？设若能看到这一点，我们不是应当看看自己，我们自己假如也把研究、创作、翻译，同时并作，像鲁迅先生那样，我们的成绩又能有多少呢？我们就是对于一位圣人，也应不客气的批评，可是我们也应当晓得批评不仅是发威，而是于批评中，取得被批评者的最良最崇高的精神，以自策自励。鲁迅先生能于整理国故而外，去介绍，去翻译，就已经是难能可贵的事。一个人的精力与天才永远不能完全与他的志愿与计划相配合，人生最大的苦痛啊！只有明知这苦痛是越来越深，而杀上前去，以身殉志的，才是英雄。鲁迅先生的精神便是永远不屈不挠，不自满，不自馁。鲁迅先生的精神能以不死，那就靠后起者也能死而后已的继续努力。抓住一位英雄的弱点以开心自慰，既无损于英雄，又无益于自己，何苦来呢！

还有人也许说，鲁迅先生的后期著作，只是一些小品文，未免可惜，假若他能闭户写作，不问外面的事，也许能写出比阿Q更伟大的东西，岂不更好？

是的，鲁迅先生也许能那样的写出更伟大的作品。可是，那就不成其为鲁迅先生了。希望鲁迅先生去专心著作的人，虽然用着惋惜的语调，可是心中实在暗暗的不满意！不满意他因爱护青年，帮忙青年，而用去许多时间；不满意他因好管闲事而浪费了许多笔墨。

我不晓得假若鲁迅先生关上屋门，立志写伟大的作品，能够有什么贡献；我不喜猜想。我却准知道鲁迅先生的爱护青年与好管闲事是值得钦佩的事，他有颗纯洁的心，能接近青年；他有奋斗的怒火，去管闲事。是的，先生的爱护青年，有时候近于溺爱了；可是佛连一个蚂蚁也爱呢！母亲的伟大往往使她溺爱儿女；这只有母亲自己晓得其中的意义，旁观者只能表示惋惜与不满，因为旁观者不是母亲，也就代替不了母亲，明白不了母亲，自己不是母亲，没有慈心，觉得青年们都应该严加管束，把青年们管束得像羊羔一样老实，长者才可逍遥自在的为所欲为。为长者计，这实在是不错的办法。可是，青年呢？长者的聪明往往把“将来”带到自己的棺材里去，青年成了殉葬者。鲁迅先生不是这样的长者，他宁可少写些文章，而替青年们看稿子；他宁可少享受一些，而替青年们掏钱印书，他提拔青年，因为他不肯只为自己的不朽，而把青年们活埋了。这也许是很傻的事吧？可是最智慧的人似乎都有点傻气。

至于爱管闲事，的确使鲁迅先生得罪了不少的人。他的不留情的讽刺讥骂，实在使长者们难堪，因此也就要不得。中国人不会愤怒，也不喜别人挂火[①]，而鲁迅先生却是最会挂火的人。假若他活到今日，我想他必不会老老实实的住在上海，而必定用他的笔时时刺着那些不会怒，不肯牺牲的人们的心。在长者们，也许暗中说句：“幸而那个家伙死了。”可是，我

① 意为生气、恼火。

们上哪里去找另一个鲁迅呢？我们自惭；自惭假若没有多少用处，让我们在纪念鲁迅先生的时候，挺起我们的胸来吧！

只写了些小品文吗？据我看，鲁迅先生的最大成就便是小品文。我敢说，他的学问限制不了后起者的更进一步，他的小说也拦不住后起者的猛进直前。小品文，在五十年内恐怕没有第二把手，来与他争光。他会怒，越怒，文字越好。文字容易摹仿，怒火可是不易借来。他的旧学问好，新知识广博，他能由旧而新，随手拾掇极精确的字与词，得到惊人的效果。你只能摘用他所用过的，而不易像他那样把新旧的工具都搬来应用，用创造的能力把古今的距离缩短，而成为他独有的东西。他长于古文古诗，又博览东西的文艺，所以他会把最简单的言语（中国话），调动得（极难调动）跌宕多姿，永远新鲜，永远清晰，永远软中透硬，永远厉害而不粗鄙。他以最大的力量，把感情、思想、文字，容纳在一两千字里，像块玲珑的瘦石，而有手榴弹的作用。只写了些短文么？啊，这是前无古人，恐怕也是后无来者的，文艺建设！

燃起我们的怒火吧，青年！以学识，以正义感，以最有力的文字，尽力于抗战建国的事业吧！在抗战中纪念鲁迅先生，我们必须有这个决心！

唐代的爱情小说[①]

今天晚上我要讲的是唐代的爱情小说。未讲之前，我要先讲讲小说在中国文学中的地位，以及小说的发展概况。时常听人说，对于研究中国文学的人来说，小说和戏剧是无足轻重的。这种说法确有一定的道理。然而对于欧洲人来说，没有小说戏剧的文学就和没有接吻和格斗的影片一样枯燥无味。假如你们不去认真地研究为什么中国的文学概念与西方的截然不同，而只是简单地认为中国人欣赏不了戏剧与小说之美，那就太武断了。

小说一词，起源于周朝著名的哲学家庄子。但是庄子所谓的小说，原是“普通语言”的意思，和我们所谓的小说并不是一回事。目前这种概念的小说，是后来才有的。最早对

① 本文为老舍于一九三一～一九三二学年在华北联合语言学院与美国加州学院中国分院联合举办的讲座上的讲演，题为T’ang Lover Stories（《唐代的爱情小说》）。原为讲演的英文纪要，由马小弥译为中文。

小说一词加以解释的，是班固。他在他的天才著作《汉书》中说：最早开始写小说的，可能是古代的小官吏。他们把各地流传的故事搜集起来，多一半[①]是街谈巷议之事。地位高的人不屑于写这种东西，但有人要写，他们也不加干涉，因为这些东西往往反映了下层人民的看法，有时也值得一看。

班固把小说的作用讲得很清楚。他的意思显然是说，历史学家在史书中列举小说，其目的是研究历史，而不是文学。当然他认为其中有些内容作为历史研究是有用的——比如，当时的民情。所以自汉以来，差不多所有的史书都要列举小说。

纪昀在《四库全书总目提要》中写道：自唐以来，涌现了许多小说作者。许多人写的是搜奇志怪，荒诞不经的神怪故事，使人读了有扑朔迷离之感。不过有的作品确是真才实学之作。因此，既然先人的惯例是不拘一格广泛搜罗图书，我们也不能因为一些书分类编纂得不好，或文笔欠佳，就不把它们考虑进去。

自汉至清所有的历史学家显然也都同意这一观点，他们认为在编史的时候，也不能忽略小说。但是很清楚，他们对

---

① 意为多半。

小说的文学价值是不感兴趣的。

再看看职业作家对文学这个概念是如何理解的吧。要是去问一个老学究，他一定会毫不迟疑的回答，“文学乃传道之文也”。我们现在无法就“道”这个字展开充分讨论，暂时可以把它译作“原则”。唐代最著名的作家韩愈说：学的目的是寻道，文学的目的是释道。与韩愈齐名的柳宗元说道：文学是言道。这一类引语尚可列举许多。《文心雕龙》是学习中国文学的人必读之书，它的主题是解释文学的意义，然而它开卷第一章的题目却是“原道篇”。据称，这本书的主旨是分析文学的风格、结构和起源，然而假如我们耐心地从头至尾把它看上一遍，就会发现它根本没有提及小说。中国哲学的根本是道，因此必须严肃认真地对之加以研究。既然文学是传道的媒介，那就必须肃穆庄重。文学不是美的艺术作品，而是仁和德的体现。中国的小说之所以少，就是由于把道学观念放在首位的缘故。这是否荒谬可笑，你们自己去判断吧。

要是我们想对唐代的小说作出恰当评价，就必须把上述概念弄清楚。从结构和情节看来，这些小说是极不完备的，写这些小说的人并没有想到要当个职业作家，也不认为写小说是件严肃的事情。当我们阅读这些小说，觉得它立意清新文笔优美的时候，我们不得不赞叹作者的天才，不用付出艰苦的劳动就能写出卓越的小说来。

现在我们来谈谈中国小说的历史发展。虽说从文学的角度看来，小说是无足轻重的，然而若是仔细加以观察比较，就会发现事物还是在不断地发展变化之中。《汉书》上只记载了十五则故事，全部失传。《隋书》增加到二百一十七则，多数得以留传至今。这说明，尽管小说并非正统，然而它还是有所发展的。

为了简而明地说清楚问题，我们可以把中国小说的发展分成三个阶段，即汉以前，汉至唐，唐以后三个时期。

汉以前时期的小说，其实不过是史学家和哲学家在其著作中插入的实例。小说往往采取寓言或讽喻的方式，用以说明特定的问题。例如，在《庄子》一书中，这类故事是很多的。从汉开始，小说才和哲学论文分家。因此汉代在小说史上可以说是初期阶段。不过汉时多志怪小说，到唐代，日常生活才成为通用的题材。在我们看来，这确是一大进步，我们可以从中窥见唐代社会生活的实际图景。

唐以后，小说的写作技巧更趋于成熟，最值得注意的是开始运用口语。用日常的口语来描述日常生活，是一明显的进步。

概括起来，唐以前，小说主要是搜神志怪；唐以后，题材趋于广泛，采用了口语。唐人小说居于承前启后的地位，内容涉及面很广，爱情故事更居于首位。在题材的广泛方面，唐人小说超过了以往，其浪漫的主题也对后世颇具影响。这就是唐人小说在中国小说史上的重要地位。

今晚我要着重讲讲唐代的爱情小说。为了方便起见，我从伦理、宗教、游侠和民间故事等几个角度分别加以阐述。

先讲讲它的伦理观念。一提起爱情，人们往往就想起了婚姻。一想到婚姻，自然就会联系到家庭。中国的文化是建筑在复杂的宗法制度之上的，这一宗法制度极其严酷，势力又大，绝对不容许婚姻自由。换言之，爱情和婚姻是毫无关系的，在安排婚事的时候，爱情必须绝对服从其他方面的考虑。父母之命是至高无上的，包办儿女的婚姻是父母的责任，也可以说是天职，外人无权干涉，子女也不能过问。拒绝按父母之命缔姻，不仅仅是造家庭的反，而且也是跟整个社会作对。在研究唐人小说的时候，我们还能窥见当时青年男女在宗法制度的专制统治下遭受的痛苦。

有两本书，一本是《北里志》，另一本是《教坊记》，内容是颂扬歌伎的，记叙年轻书生对她们的钦慕。《北里志》言道：歌伎都住在平康巷。应试的书生和中试候选的人，只要肯多花钱，都可以到平康巷去寻欢作乐。多数歌伎都善于应对，能诗会文。

唐代歌伎实际上都是些受过高等教育的女子。再看看那些文人学士的妻妾，就会觉得，举子们爱逛平康巷是毫不足怪的。正如中国人常说的，那些妻妾往往是“黄脸婆”，多数没有受过教育。歌伎们却知书识字，所以那些文人学士的狂放多少是情有可原的。

著名诗人白居易的弟弟白行简写的《李娃传》是个好例子。这则小说值得详细介绍。但因时间关系，只得从略。

很抱歉，为了节省时间，我不得不略掉这则小说的许多精彩部分。从好几个角度看来，这篇小说都是非常有意思的。首先，它大胆抨击了固有的宗法制度；再则，它用庄严的传记体记述了一位歌伎的身世，这也是很不寻常的，因为这种文体一向是只能用于高贵者的。作者说得很明白：男女之际，大欲存焉，情苟相得，虽父母之命，不能制也。他把父亲的蛮不讲理和姑娘对爱人的忠贞作了强烈对比，对父亲的权威和真正的爱情，作了截然不同的描述。

这类小说不论怎样真挚动人，向来被当作危险读物。反映正统观念的作品，则可以《会真记》为典型。

这篇小说的文字也许是唐代传奇中最优美的。这篇传奇据说是元稹自己的忏悔录。他爱上一个姑娘，后来变心，抛弃了她。这则传奇中的男女主角都很聪明，在结合之初就看清楚了将来的结局。他不顾一切后果、如痴如狂地爱这个少女。一旦达到了目的，就清醒过来，考虑到底应当牺牲掉这位少女，还是不顾家庭社会的谴责而和她结婚。没有父母之命媒妁之言的私自结合，社会是不承认其有约束力的。张生不具备这些条件，就和莺莺有了私情。那他该怎么办呢?如果他想挽回姑娘的名誉，就须含耻忍辱，为社会所不齿；如果他打算遵守礼教，就必须舍弃姑娘。最后，他决定为了维护他的社会地位而牺牲自己所爱的人。换言之，他为了服从社会传统，不仅放弃了自己的幸福，而且也牺牲了她的幸福，社会为此对他大加赞扬。

姑娘也明白自己的厄运。她对他说："始乱之，终弃之，固其宜矣。愚不敢恨。必也君乱之，君终之，君之惠也。"她很明白，社会是决不会容许青年人在结婚之前就私行结合的。然而，只要男人肯舍弃那与他有私情的姑娘，社会是容许他有自新的机会的。女人就没有这种机会。无情的重担必须由她来承担。张生的行为会得到人们的赞许，而可怜的姑娘却得不到同情。

五百年后，在这一传奇的基础上，产生了一出戏，即

《西厢记》。作者使张生与莺莺成为眷属，剧以“愿天下有情人皆成眷属”结尾。不幸的是，真的莺莺却无此可能。

人们也许会问：为什么中国不取消这一荒谬的宗法制度，实行婚姻自由？为了回答这个问题，我得先谈谈宗教方面的问题。中国的宗教精神和基督教及回教的精神是不同的。有文化修养的中国人，是从哲学或道学观念来看待宗教的，这和欧洲人的宗教观很不相同。没有文化的中国人则不分青红皂白，事事迷信。以上这两类人都迷信命运，并把这种观念运用在婚姻问题上。不幸的婚姻往往归咎于命，而不是父母。要是我们有勇气，可以反抗父母，然而谁敢违抗至高无上的命运呢？因此我们看见的这种消极的逆来顺受的服从，与其说是服从专制的父母，不如说是服从命运更为恰当。抱有宿命论的人一旦感到婚姻不如意，会认为违抗命运也徒劳无益，因而就听天由命，忘却了痛苦。他只看见天堂里闪现着光明，却不去注意现实生活的黑暗。

再举一则故事来说明这个问题。

以月下老人的故事，出自唐李复言《续幽怪录》[①]的《定婚店》为例。

---

① 唐代传奇小说集，系李复言续牛僧孺《玄怪录》之作，记怪异故事。宋为避宋圣祖赵玄朗讳，改称《续幽怪录》。

由此可见，命运是无法违抗的。月下老人、神奇的红线和姻缘簿——中国旧式婚姻的各种要素都齐备了。终身大事要由虚无缥渺的神来主宰，青年男女必须规矩就范。服从长辈的意旨有时是难以忍受的，然而服从命运的安排也许能使人释然。从农夫到哲学家都信命，安于天命。中国人的与世无争，其基本原因就是对命运的驯服。从哲学观点看来，命运如一条载着生命前进的长河，随波逐流最是轻松愉快。从西方的观念看，这样做缺乏勇敢进取的精神，有时还会使人怯懦。

再看看宗教信仰的另一个方面。道教当然是中国最强大最普遍的宗教。它没有具体的教派组织，相当愚昧。法术、星相、符咒、占卜以及各种迷信活动，应有尽有，也因而广有群众。这些迷信成分当然也会反映在一般的文学中。然而当我们研究这类爱情故事的时候，就必须同时从宗教观点和心理观点来加以分析，因为写这类传奇的作者决不会仅仅为了描写爱情而来写它。当然，他们有时也会不自觉地流露出他们的心愿。比较原始的宗教普遍相信轮回转世之说，然而为什么狐狸会变美女，鬼怪会变美少年呢？为什么不变成可派实际用场的牛马呢？显然不幸的孤女和美少年更切合人们的想像。人们得不到婚姻自由，却想要逃避这种难以忍受的现实。青年男子不许擅自与少女交往，却可以驰骋想象力，邀请美丽的狐仙和妖冶的鬼女来赴宴。这样做在经济上也是很节省的，歌伎价昂，比用来写神仙故事的纸笔贵多了。

这一类传奇还有长孙绍祖的故事可以为例（略）。

现在我们来谈谈中国人对恋爱的看法，我所谈的恐怕会让我的听众失望。关于男主角如何如痴如狂地向女主角求爱，欧洲小说往往有生动的描写，而美国电影又往往过分渲染。真正的爱情往往是波澜起伏的，必要时需要采取侠义行动。然而中国的情人处在同样地位又作何举动呢？请看下面的例子就可以知道了。

以《无双传》王仙客的故事为例（略）。

唐代传奇中这一类的故事还很多。情人们遇到无法解决的困难时，就会出现有超人本领的英雄，救了他们。而他们自己则无须进行斗争。乍一看，这仿佛是胆小无能，其实不过是顺应传统。中国的教育思想是要训练青年成为人上人，温良恭俭让。勇敢的将军不过像条狗，它的主人才是温文儒雅、有帝王之相、哲人风度的淳淳君子。在英雄故事里，多数英雄都是忠顺的奴才或头脑简单之辈，出身也比较卑微。因此中国爱情故事里的英雄往往不是恋人们自己，而是助情人们摆脱困境的局外人。

最后我还要举一则故事为例，这类故事最值得注意的地方是它吸收了神话和民间传说的内容。这类故事你们一看就会明白。

以妒妇河的故事为例（略）。

最后，我还想就唐人小说的语言文字，以及这些小说对后世作品的影响再略讲几句，结束我的讲话。

我想打个比方，唐朝有如一位站在东方文化之中的美女。从唐诗，我们可以窥见她柔美胸中的美丽幻梦。唐代的爱情小说则更接近于实际生活。小说的作者都是有名的诗人学者，有能力栩栩如生地描述他们的生活环境。简言之，他们能绘出一幅极其美丽动人的图画。语言文字也十分优美，即使我们认为情节过于单薄，结构也略嫌松散，但是它的语言文字在中国文学中将永放异彩。

唐代无疑是中国的浪漫时代。几乎所有的小说题材后来在元、明时代都被剧作家采用，作为构思戏曲的素材。从结构方面看，当然戏曲比唐代小说更加精炼动人，然而不能忘记这些戏曲的灵感确实来自唐人小说。

为了充分说明我的主题，按理说应有更充分的时间加以展开。我想我今天能做到的，只是告诉你们从各个角度看来，唐人小说都是值得注意的。

亨利·菲尔丁[①]

中国人民响应世界和平理事会的号召，和全世界人民一同纪念英国伟大的现实主义作家——亨利·菲尔丁。

二百年前的十月八日，这位和贫病、和反动统治者的迫害苦斗了一生的勇士，在葡萄牙京城里斯本去世了。

我们珍视人类文化遗产。今天我们纪念他，就是为向这位伟大的先辈致敬，学习他的创作上的宝贵经验，学习他的热爱人民，勇于向人民的敌人进攻的战斗精神。他的嫉恶如仇、见义勇为的精神给进步的人类，特别是进步的作家树立下光辉的榜样。

---

① 原载《北京日报》，一九五四年十月二十八日。原题为《纪念英国伟大的现实主义作家菲尔丁》，现标题为编者所改。亨利·菲尔丁（一七〇七～一七五四），十八世纪英国杰出的现实主义小说家、戏剧家，英国启蒙运动的最伟大代表人物之一，英国第一个用完整的小说理论来从事创作的作家，被沃尔特·司各特称为“英国小说之父”，代表作有《汤姆·琼斯》《大伟人江奈生·魏尔德传》等。

我们热爱和平。珍视世界文化遗产，学习并发扬世界的优良文化传统，是促进世界和平与人类进步的一项重要任务，也就是我们今天纪念他的重要意义之一。

中国人民对西欧的现实主义文学，像英国十八、十九世纪的现实主义文学，一向感到浓厚兴趣。我们喜爱狄根斯[①]的《块肉余生记》[②]，萨克里[③]的《浮华世界》[④]，因为它们是英国人民生活的真实的表现。我们喜爱菲尔丁，不但因为他的作品写得出色，并且因为他是英国现实主义这个光荣传统的奠基者，最光辉的代表者。

从他开始写作起——而且他开始很早——菲尔丁就明确地认识到：艺术必须建筑在真实的基础上。同时，从一开始他就认为真实的艺术必须对社会起教育作用，必须深入生活，必须为人生服务。

就修养来说，菲尔丁对古典文学的渊博是不亚于他同

---

① 今译狄更斯（一八一二～一八七〇），十九世纪英国批判现实主义小说家，英国皇家学会工艺院院士，代表作有《雾都孤儿》《大卫·科波菲尔》《双城记》《远大前程》等。

② 即《大卫·科波菲尔》。《块肉余生记》这一译名为清末林纾（林琴南）所译。“块肉”有孤儿之意，“块肉余生记”意为孤儿的一生。

③ 今译萨克雷（一八一一～一八六三），十九世纪英国批判现实主义作家，代表作为《名利场》。

④ 即《名利场》。

时代的那些学院派作家的。但是他对人民的热爱，对现实生活的浓厚兴趣，使他与那些脱离人生的学院派作家之间毫无共同之处。他把一个作家比作厨子，把生活比作写作的唯一原料。他坚决反对离开生活的虚构。他认为一个作家最重要的工作就是接触人——“从大臣到衙吏，从公爵夫人到女酒保”。

可是，菲尔丁绝不是对生活不加提炼，不加选择。他不是个自然主义者。他要求每个作家都应当致力分析生活，理解生活。他写景写人都不满足于勾画外形：他追求的是现实的本质、精髓。他向诗人呼吁说：“让我们了解人类多于他们了解自己。”

在真实生活的基础上来提炼，可以说是菲尔丁创作方法的概括。在他所有的小说序言或本文中，他都鲜明地提出这个主张。甚至在他死后才出版的《里斯本航海日记》的序文里，谈到游记的写法时，他还是提出这样的主张。他认为游记首先应当真实；许多荒诞无稽的游记正风行当时。第二，戒琐碎，对景物必须有所选择。第三，必须有教育意义。第四，必须引人入胜。他对游记写作提出的这四个明确要求恰好反映了他为自己创作树立的目标。

我愿特别再提一下第三点——就是作品中应有教育意

义。这是菲尔丁的艺术观很重要的一面——他坚持艺术必须为人生服务。

在写作生活的初期，菲尔丁是从事于戏剧的。在《纨绔子弟》（一七三〇年）一剧的跋文中，他说："舞台的作用是改善我们的时代，而不是败坏它。"他借着《现代的丈夫》（一七三二年）一剧的序幕向观众声明："我写这个戏不是专为了逗笑，而是在使人们看了不但感到畅快，同时也得到教育，从而对人生有所弥补改善。"我们可以说，他所创作的二十几个剧本以及四部长篇小说中间，没有一部是风花雪月的无病呻吟，没有一部是粉饰现实的。可以说，他的全部创作活动都是为了歌颂人民的善良，为了咒诅、攻击社会的黑暗。菲尔丁对人生的乐观思想也正建筑在他对人民坚定不移的信念上。

菲尔丁最痛恨古往今来骑在人民头上作威作福的专制君王，和穷兵黩武侵犯其他民族自由的大将统帅。他管这种侵略者叫做"头号伟人"，并且时常拿亚历山大大帝和恺撒作代表。"二号伟人"是操纵一国人民命运的政客，"三号伟人"是盗贼扒手。在他的政治寓言小说《大伟人江奈生·魏尔德传》里，他严厉地责斥那些横行霸道、祸害人类的"伟人"。他警告他们：这种损人的行为对他们也不会有好处的，因为他们迟早要灭亡。

诗人拜伦说："如果菲尔丁今天还活着，他一定会被官方报刊指斥为革命党的舌人和魁首。"

是的，因为如果菲尔丁今天还活着，他一定会英勇地站在时代的前面，一定是争取自由、捍卫和平的伟大运动中的一位奋不顾身的正义战士。

我最爱的作家——康拉得[①]

对约瑟·康拉得[②]（Joseph Conrad一八五七—一九二四年）的个人历史，我知道得不多，也就不想多说什么。圣佩韦的方法——要明白一本作品须先明白那个著者——在这里是不便利用的；我根本不想批评这近代小说界中的怪杰。我只是要就我所知道的，不完全的，几乎是随便的，把他介绍一下罢了。

谁都知道，康拉得是个波兰人，原名Feodor Josef Conrad Korzeniowski；当十六岁的时候才仅晓得六个英国字；在写过*Lord Jim*[③]（一九〇〇）以后还不懂得cad[④]这个字

---

① 原载《文学时代》创刊号，一九三五年十一月十日。原题为《一个近代最伟大的境界与人格的创造者——我最爱的作家——康拉得》，现标题为编者所改。

② 即约瑟夫·康拉德，英国小说家，有二十余年的航海生涯，擅长写海洋冒险小说，有“海洋小说大师”之称，代表作有《吉姆爷》《黑暗的心》等。

③ 即《吉姆爷》。

④ 意为无赖。

的意思（我记得仿佛是Arnold Bennett[①]这么说过）。可是他竟自给乔叟，莎士比亚，迭更司[②]们的国家增加许多不朽的著作。这岂止是件不容易的事呢！从他的文字里，我们也看得出，他对于创作是多么严重[③]热烈，字字要推敲，句句要思索；写了再改，改了还不满意；有时候甚至于绝望。他不拿写作当种游戏。“我所要成就的工作是，借着文字的力量，使你听到，使你觉到——首要的是使你看到。”是的，他的材料都在他的经验中，但是从他的作品的结构中可以窥见：他是把材料翻过来掉过去的布置排列，一切都在他的心中，而一切需要整理染制，使它们成为艺术的形式。他差不多是殉了艺术，就是这么累死的。文字上的困难使他不能不严重，不感觉艰难，可是严重到底胜过了艰难。虽然文法家与修辞家还能指出他的许多错误来，但是那些错误，即使是无可原谅的，也不足以掩遮住他的伟大。英国人若是只拿他在文法上与句子结构上的错误来取笑他，那只是英国人的藐小。他无须请求他们原谅，他应得的是感谢。

---

① 阿诺德·本涅特（一八六七～一九三一），英国作家，代表作有《老妇人的故事》及《克莱汉格》三部曲等。

② 今译狄更斯。

③ 意为严肃、庄重。

他是个海船上的船员船长，这也是大家都知道的。这个决定了他的作品内容。海与康拉得是分不开的。我们很可以想象到：这位海上的诗人，到处详细的观察，而后把所观察的集成多少组，像海上星星的列岛。从漂浮着一根枯枝，到那无限的大洋，他提取出他的世界，而给予一些浪漫的精气，使现实的一切都立起来，呼吸着海上的空气。Peyrol[①]在*The Rover*[②]里，把从海上劫取的金钱偷偷缝在帆布的背心里；康拉得把海上的一切偷来，装在心里。也正像Peyrol，海陆上所能发生的奇事都不足以使他惊异；他不慌不忙的，细细品味所见到听到的奇闻怪事，而后极冷静的把它们逼真的描写下来；他的写实手段有时候近于惨酷[③]。可是他不只是个冷酷的观察者，他有自己的道德标准与人生哲理，在写实的背景后有个生命的解释与对于海上一切的认识。他不仅描写，他也解释；要不然，有过航海经验的固不止他一个人呀。

关于他的个人历史，我只想提出上面这两点；这都给我们一些教训：“美是艰苦的”，与“诗是情感的自然流露”，常常在文学的主张上碰了头，而不愿退让。前者作到

---

① 佩伊罗。

② 康拉德的小说《漂泊者》。

③ 意为极其残酷，极其刻薄。

极端便把文学变成文学的推敲，而忽略了更大的企图；后者作到极端便信笔一挥即成文章，即使显出点聪明，也是华而不实的。在我们的文学遗产里，八股匠与所谓的才子便是这二者的好例证。在白话文学兴起以后，正有点像西欧的浪漫运动，一方面打破了文艺的义法与拘束，自然使在另一方面提倡灵感与情感的自然流露。这个，使浪漫运动产生了伟大的作品，也产生了随生转灭，毫无价值的作品。我们的白话文学运动显然的也吃着这个亏，大家觉得创作容易，因而就不慎重，假如不是不想努力。白话的运用在我们手里，不像文言那样准确，处处有轨可循；它还是个待炼制的东西。虽然我们用白话没有像一个波兰人用英文那么多的困难，可是我们应当知道怎样的小心与努力。这个，就是我爱康拉得的一个原因；他使我明白了什么叫严肃。每逢我读他的作品，我总好像看见了他，一个受着苦刑的诗人，和艺术拼命！至于材料方面，我在佩服他的时候感到自己的空虚；想象只是一股火力，经验——像金子——须是先搜集来的。无疑的，康拉得是个最有本事的说故事者。可是他似乎不敢离开海与海的势力圈。他也曾写过不完全以海为背景的故事，他的艺术在此等故事中也许更精到。可是他的名誉到底不建筑在这样的故事上。一遇到海和在南洋的冒险，他便没有敌手。我不敢说康拉得是个大思想家；他绝不是那种寓言家，先有了要宣传的哲理，而后去找与这哲理平行的故事。他是由故事，由他的记忆中的经验，找到一个结论。这结论也许是错误的，可是他的故事永远活跃的立在我们面前。于此，我们知道怎样培养我们自己的想象，怎样先去丰富我们自己的经验，而后以我们的作品来丰富别人的经验，精神的和物质的。

关于他的作品，我没都读过；就是所知道的八九本也都记不甚清了，因为那都是在七八年前读的。对于别人的著作，我也是随读随忘，但忘记的程度是不同的。我记得康拉得的人物与境地比别的作家的都多一些，都比较的清楚一些。他不但使我闭上眼就看见那在风暴里的船，与南洋各色各样的人，而且因着他的影响我才想到南洋去。他的笔上魔术使我渴想闻到那咸的海，与从岛上浮来的花香；使我渴想亲眼看到他所写的一切。别人的小说没能使我这样。我并不想去冒险，海也不是我的爱人——我更爱山——我的梦想是一种传染，由康拉得得来的。我真的到了南洋，可是，啊！我写出了什么呢？！失望使我加倍的佩服了那“台风”与《海的镜》的作家。我看到了他所写的一部分，证明了些他的正确与逼真，可是他不准我摹仿；他是海王！

可是康拉得在把我送到南洋以前，我已经想从这位诗人偷学一些招数。在我写《二马》以前，我读了他几篇小说。他的结构方法迷惑住了我。我也想试用他的方法。这在《二马》里留下了一点——只是那么一点——痕迹。我把故事的尾巴摆在第一页，而后倒退着叙说。我只学了这么一点；在倒退着叙述的部分里，我没敢再试用那忽前忽后的办法。到现在，我看出他的方法并不是顶聪明的，也不再想学他。可是在《二马》里所试学的那一点，并非没有益处。康拉得使我明白了怎样先看到最后的一页，而后再动笔写最前的一页。在他自己的作品里，我们看到：每一个小小的细节都似乎是在事前准备好，所以他的叙述法虽然显着破碎，可是他不至陷在自己所设的迷阵里。我虽然不愿说这是个有效的方法，可是也不能不承认这种预备的工夫足以使作者对故事的全体能准确的把握住，不至于把力量全用在开首，而后半落了空。自然，我没能完全把这个方法放在纸上，可是我总不肯忘记它，因而也就老忘不了康拉得。

郑西谛[①]说我的短篇每每有传奇的气味！无论题材如何，

① 指郑振铎，笔名西谛。中国现代作家、诗人、学者、文学评论家、文学史家、翻译家、艺术史家。代表作《猫》《我是少年》《插图本中国文学史》等。

总设法把它写成个“故事”。这个话——无论他是警告我，还是夸奖我——我以为是正确的。在这一点上，还是因为我老忘不了康拉得——最会说故事的人。说真的，我不信自己在文艺创作上有个伟大的将来；至好也不过能成个过得去的故事制造者。就是连这点希冀也还只是个希冀。不过，假设这能成为事实呢，我将永忘不了康拉得的恩惠。

刚才提到康拉得的方法，那么就再接着说一点吧。

现在我已不再被康拉得的方法迷惑着。他的方法有一时的诱惑力，正如它使人有时候觉得迷乱。他的方法不过能帮助他给他的作品一些特别的味道，或者在描写心理时能增加一些恍惚迷离的现象，此外并没有多少好处，而且有时候是费力不讨好的。康拉得的伟大不寄在他那点方法上。

他在结构上惯使两个方法：第一个是按着古代说故事的老法子，故事是由口中说出的。但是在用这个方法的时候，他使一个Marlow[①]，或一个Davidson[②]述说，可也把他自己放在里面。据我看，他满可以去掉一个，而专由一人负述说的责任；因为两个人或两个人以上述说一个故事，述说者还得

---

① 马罗，为康拉德一些小说如《吉姆爷》《青春》《黑暗的心灵》《机遇》中的故事叙述者。

② 达维德逊，为康拉德小说《胜利》中的故事叙述者。

互相形容，并与故事无关，而破坏了故事的完整。况且像在Victory[1]里面，述说者Davidson有时不见了，而“我”——作者——也没一步不离的跟随着故事中的人物，于是只好改为直接的描写了。其实，这个故事颇可以通体用直接的描写法，“我”与Davidson都没有多少用处。因为用这个方法，他常常去绕弯，这是不合算的。第二个方法是他将故事的进行程序割裂，而忽前忽后的叙说。他往往先提出一个人或一件事，而后退回去解析他或它为何是这样的远因；然后再回来继续着第一次提出的人与事叙说，然后又绕回去。因此，他的故事可以由尾而头，或由中间而首尾的叙述。这个办法加重了故事的曲折，在相当的程度上也能给一些神秘的色彩。可是这样写成的故事也未必一定比由头至尾直着叙述的更有力量。像Youth[2]和Typhoon[3]那样的直述也还是极有力量的。

在描写上，我常常怀疑康拉得是否从电影中得到许多新的方法。不管是否如此吧，他这种描写方法是可喜的。他的景物变动得很快，如电影那样的变换。在风暴中的船员用尽

---

① 康拉德的小说《胜利》。
② 康拉德的小说《青春》。
③ 康拉德的小说《台风》。

力量想从风浪中保住性命时；忽然康拉得的笔画出他们的家来，他们的妻室子女，他们在陆地上的情形。这样，一方面缓和了故事的紧张，使读者缓一口气；另一方面，他毫不费力的，轻松的，引出读者的泪——这群流氓似的海狗也是人哪！他们不是只在水上漂流的一群没人关心的灵魂啊。他用这个方法，把海与陆联上，把一个人的老年与青春联上，世界与生命都成了整的。时间与空间的距离在他的笔下被任意的戏耍着。

这便更像电影了："掌舵的把桨插入水中，以硬臂用力的摇，身子前俯。水高声的碎叫；忽然那长直岸好像转了轴，树木转了个圆圈，落日的斜光像火闪照到木船的一边，把摇船的人们细长而破散的影儿投在河上各色光浪上。那个白人转过来，向前看。船已改了方向，和河身成了直角，船头上雕刻的龙首现在正对着岸上短丛的一个缺口。"（*The Lagoon*[①]）其实呢，河岸并没有动，树木也没有动；是人把船换了方向，而觉得河身与树木都转了。这个感觉只有船上的人能感到，可是就这么写出来，使读者也身入其境的去感觉；读者由旁观者变为故事中的人物了。

---

① 康拉德的小说《环礁湖》。

无论对人物对风景，康拉得的描写能力是惊人的。他的人物，正像南洋的码头，是民族的展览会。他有东方与西方的各样人物，而且不仅仅描写了他们的面貌与服装，也把他们的志愿，习惯，道德……都写出来。自然，他的欧洲人被船与南洋给限制住，他的东方人也因与白人对照而没完全得到公平的待遇。可是在他的经验范围里，他是无敌的；而且无论如何也比Kipling[①]少着一点成见。

对于景物，他的严重的态度使他不仅描写，而时时加以解释。这个解释使他把人与环境打成了一片，而显出些神秘气味。就我所知道的，他的白人大概可以分为两类：成功的与失败的。所谓成功，并不是财富或事业上的，而是由责任心上所起的勇敢与沉毅。他们都不是出奇的人才，没有超人的智慧，他们可是至死不放松他们的责任。他们敢和台风怒海抵抗，敢始终不离开要沉落的船，海员的道德使他们成为英雄，而大自然的残酷行为也就对他们无可如何了。他们都认识那“好而壮的海，苦咸的海。能向你耳语，能向你吼叫，能把你打得不能呼吸”。可是他们不怕。Beard[②]船长，

① 吉卜林（一八六五～一九三六），英国作家，其作品大多描述英国殖民者在印度的生活，有种族主义偏见。

② 胡子。

Mao Whirr[①]船长，Allistoun[②]船长，都是这样的人。有这样的人，才能与海相平衡。他的景物都有灵魂，因为它们是与英雄们为友或为敌的。Beard船长到船已烧起，不能不离开的时候才恋恋不舍的下了船，所以船的烧起来是这样的：

“在天地黑暗之间，她（船）在被血红火舌的游戏射成的一圈紫海上猛烈的烧着；在闪耀而不祥的一圈水上。一高而清亮的火苗，一极大而孤寂的火苗，从海上升起，黑烟在尖顶上继续的向天上灌注。她狂烈的烧着；悲哀而壮观像夜间烧起的葬火，四面是水，星星在上面看着。一个庄严的死来到，像给这只老船的奔忙的末日一个恩宠，一个礼物，一个报酬。把她的疲倦了的灵魂交托给星与海去看管，其动心正如看一光荣的凯旋。桅杆倒下来正在天亮之前，一刻中火星乱飞，好似给忍耐而静观的夜充满了飞火，那在海上静卧的大夜。在晨光中她仅剩了焦的空壳，带着一堆有亮的煤，还冒着烟浮动。”

类似这样的文字还能找到许多，不过有此一段已足略微窥见他怎样把浪漫的气息吹入写实里面去。他不能不这样，这被焚的老船并非独自在那里烧着，她的船员们都在远处看

---

① 毛沃尔。

② 艾利斯顿。

着呢。康拉得的景物多是带着感情的。

在那些失败者的四围，景物的力量更为显明：“在康拉得，哈代，和多数以景物为主体的写作，‘自然’是书中的恶人。”是的，他手中那些白人，经商的，投机的，冒险的，差不多一经失败，便无法逃出——简直可以这么说吧——“自然”给予的病态。山川的精灵似乎捉着了他们，把他们像草似的腐在那里。Victory里的主角Heyst[①]是“群岛的漂流者，嗜爱静寂，好几年了他满意的得到。那些岛们是很安静。它们星列着，穿着木叶的深色衣裳，在银与翠蓝的大静默里；那里，海不发一声，与天相接，成个有魔力的静寂之圈。一种含笑的睡意包覆着它们；人们就是出声也是温软而低敛的，好像怕破坏了什么护身的神咒。”Heyst永远没有逃出这个静寂的魔咒，结果是落了个必不可免的“空虚”（nothing）。

Nothing，常常成为康拉得的故事的结局。不管人有多么大的志愿与生力[②]，不管行为好坏，一旦走入这个魔咒的势力圈中，便很难逃出。在这种故事中，康拉得是由个航员而变为哲学家。那些成功的人物多半是他自己的写照，爱海，

① 黑斯特。

② 意为气力、生命力。

爱冒险，知道困难在前而不退缩。意志与纪律有时也可以胜天。反之，对这些失败的人物，他好像是看到或听到他们的历史，而点首微笑的叹息："你们胜过不了所在的地方。"他并没有什么伟大的思想，也没想去教训人；他写的是一种情调，这情调的主音是虚幻。他的人物不尽是被环境锁住而不得不堕落的，他们有的很纯洁很高尚；可是即使这样，他们的胜利还是海阔天空的胜利，nothing。

由这两种人——成功的与失败的——的描写中，我们看到康拉得的两方面：一方面是白人的冒险精神与责任心，一方面是东方与西方相遇的由志愿而转入梦幻。在这两方面，"自然"都占据了重要的地位，他的景物也是人。他的伟大不在乎他认识这种人与景物的关系，而是在对这种关系中诗意的感得，与有力的表现。真的，假如他的感觉不是那么精微，假如他的表现不是那么有力，恐怕他的虚幻的神秘的世界只是些浮浅的伤感而已。他的严重不许他浮浅。像The Nigger of the "Narcissus"[①]那样的材料，假若放在W.W.Jacobs[②]手里，那将成为何等可笑的事呢。可是康拉得保持着他的严重，他会使那个假装病的黑水手由恐怖而真的死去。

---

① 康拉德的小说《白水仙号上的黑水手》。

② 威廉·W. 雅各布斯（一八六三～一九四三），英国短篇小说家。

可是这个严重态度也有它的弊病：因为太热心给予艺术的刺激，他不惜用尽方法去创作出境界与效力，于是有时候他利用那些人为的不自然的手段。我记得，他常常在人物争斗极紧张的时节利用电闪，像电影中的助成恐怖。自然，除去这小小的毛病，他无疑的是近代最伟大的境界与人格的创造者。

傅雷

论张爱玲的小说[①]

前　言

在一个低气压的时代，水土特别不相宜的地方，谁也不存什么幻想，期待文艺园地里有奇花异卉探出头来。然而天下比较重要一些的事故，往往在你冷不防的时候出现。史家或社会学家，会用逻辑来证明，偶发的事故实在是酝酿已久的结果。但没有这种分析头脑的大众，总觉得世界上真有魔术棒似的东西在指挥着，每件新事故都像从天而降，教人无论悲喜都有些措手不及。张爱玲女士的作品给予读者的第一个印象，便有这情形。“这太突兀了，太像奇迹了”，除了这类不着边际的话以外，读者从没切实表示过意见。也许真是过于意外而怔住了。也许人总是胆怯的动物，在明确的舆论未成立以前，明哲的办法是含糊一下再说。但舆论还得大

① 原载《万象》一九四四年五月号，第三卷第十一期。

众去培植；而且文艺的长成，急需社会的批评，而非谨慎的或冷淡的缄默。是非好恶，不妨直说。说错了看错了，自有人指正——无所谓尊严问题。

我们的作家一向对技巧抱着鄙夷的态度。“五四”以后，消耗了无数笔墨的是关于“主义”的论战。仿佛一有准确的意识就能立地成佛似的，区区艺术更是不成问题。其实，几条抽象的原则只能给大中学生应付会考。哪一种主义也好，倘没有深刻的人生观，真实的生活体验，迅速而犀利的观察，熟练的文字技能，活泼丰富的想象，决不能产生一件像样的作品。而且这一切都得经过长期艰苦的训练。《战争与和平》的原稿修改过七遍——大家可只知道托尔斯泰是个多产的作家（仿佛多产便是滥造似的）；巴尔扎克一部小说前前后后的修改稿，要装订成十余巨册，像百科辞典般排成一长队，然而大家以为巴尔扎克写作时有债主逼着，定是匆匆忙忙赶起来的。忽视这样显著的历史教训，便是使我们许多作品流产的主因。

譬如，斗争是我们最感兴趣的题材。对，人生一切都是斗争。但第一是斗争的范围，过去并没包括全部人生。作家的对象，多半是外界的敌人：宗法社会，旧礼教，资本主义……可是人类最大的悲剧往往是内在的。外来的苦难，至少有客观的原因可得而诅咒，反抗，攻击；且还有赚取同情的机会。至于个人在情欲主宰之下所招致的祸害，非但失去了泄仇的目标，且更遭到“自作自受”一类的谴责。第二是斗争的表现。人的活动脱不了情欲的因素；斗争是活动的尖端，更其是情欲的舞台。去掉了情欲，斗争便失掉活力。有情欲而无深刻的勾勒，一样失掉它的活力，同时把作品变成了空的躯壳。

在此我并没意思铸造什么尺度，也不想清算过去的文坛；只是把已往的主要缺陷回顾一下，瞧瞧我们的新作家把它们填补了多少。

一、《金锁记》

由于上述的观点，我先讨论《金锁记》。它是一个最圆满肯定的答复。情欲（passion）的作用，很少像在这件作品里那么重要。

从表面看，曹七巧不过是遗老家庭里一种牺牲品，没落的宗法社会里微末不足道的渣滓。但命运偏偏要教渣滓当续命汤，不但要做她儿女的母亲，还要做她媳妇的婆婆——把旁人的命运交在她手里。以一个小家碧玉而高举簪缨望族，门户的错配已经种下了悲剧的第一个远因。原来当残废公子的姨奶奶的角色，由于老太太一念之善（或一念之差），抬高了她的身份，做了正室；于是造成了她悲剧的第二个远因。在姜家的环境里，固然当姨奶奶也未必有好收场，但黄金欲不致被刺激得那么高涨，恋爱欲也就不致被抑压得那么厉害。她的心理变态，即使有，也不致病入膏肓，扯上那么多的人替她殉葬。然而最基本的悲剧因素还不在此。她是担当不起情欲的人，情欲在她心中偏偏来得嚣张。已经把一种情欲压倒了，才死心塌地来服侍病人，偏偏那情欲死灰复燃，要求它的那份权利。爱情在一个人身上不得满足，便需要三四个人的幸福与生命来抵偿。可怕的报复！

可怕的报复把她压瘪了。“儿子女儿恨毒[1]了她”，至亲骨肉都给“她沉重的枷角劈杀了”，连她心爱的男人也跟她“仇人似的”；她的惨史写成故事时，也还得给不相干的群众义愤填胸的咒骂几句。悲剧变成了丑史，血泪变成了罪状：还有什么更悲惨的？

当七巧回想着早年当曹大姑娘时代，和肉店里的朝禄打情骂俏时，“一阵温风直扑到她脸上，腻滞的死去的肉体的气味……她皱紧了眉毛。床上睡着她的丈夫，那没有生命的肉体……”当年的肉腥虽然教她皱眉，究竟是美妙的憧憬，

① 意为恼恨。

充满了希望。眼前的肉腥，却是刽子手刀上的气味。这刽子手是谁？黄金——黄金的情欲。为了黄金，她在焦灼期待，“啃不到”黄金的边的时代，嫉妒妯娌姑子，跟兄嫂闹架。为了黄金，她只能“低声”对小叔嚷着：“我有什么地方不如人？我有什么地方不好？”为了黄金，她十年后甘心把最后一个满足爱情的希望吹肥皂泡似的吹破了。当季泽站在她面前，小声叫道：“二嫂！……七巧！”接着诉说了（终于！）隐藏十年的爱以后——

> 七巧低着头，沐浴在光辉里，细细的音乐，细细的喜悦……这些年了，她跟他捉迷藏似的，只是近不得身，原来还有今天！

“沐浴在光辉里”，一生仅仅这一次，主角蒙受到神的恩宠。好似伦勃朗笔下的肖像，整个的人都沉没在阴暗里，只有脸上极小的一角沾着些光亮。即是这些少的光亮直透入我们的内心。

> 季泽立在她跟前，两手合在她扇子上，面颊贴在她扇子上。他也老了十年了。然而人究竟还是那个人呵！

他难道是哄她么？他想她的钱——她卖掉她的一生换来的几个钱？仅仅这一念便使她暴怒起来了……

这一转念赛如一个闷雷，一片浓重的乌云，立刻掩盖了一刹那的光辉；“细细的音乐，细细的喜悦”，被暴风雨无情地扫荡了。雷雨过后，一切都已过去，一切都已晚了。“一滴，一滴，……一更，二更，……一年，一百年……”完了，永久的完了。剩下的只有无穷的悔恨。“她要在楼上的窗户里再看他一眼。无论如何，她从前爱过他。她的爱给了她无穷的痛苦。单只这一点，就使她值得留恋。”留恋的对象消灭了，只有留恋往日的痛苦。就在一个出身低微的轻狂女子身上，爱情也不曾减少圣洁。

七巧眼前仿佛挂了冰冷的珍珠帘，一阵热风来了，把那帘紧紧贴在她脸上，风去了，又把帘子吸了回去，气还没透过来，风又来了，没头没脸包住她——一阵凉，一阵热，她只是淌着眼泪。

她的痛苦到了顶点（作品的美也到了顶点），可是没完。只换了方向，从心头沉到心底，越来越无名。愤懑变成尖刻的怨毒，莫名其妙的只想发泄，不择对象。她眯缝着眼望着儿子，“这些年来她的生命里只有这一个男人，只有他，她不怕他想她的钱——横竖钱都是他的。可是，因为他是她的儿子，他这一个人还抵不了半个……”多怆痛的呼声！“……现在，就连这半个人她也保留不住——他娶了亲。”于是儿子的幸福，媳妇的幸福，女儿的幸福，在她眼里全变作恶毒的嘲笑，好比公牛面前的红旗。歇斯底里变得比疯狂还可怕，因为“她还有一个疯子的审慎与机智”。凭了这，她把他们一齐断送了。这也不足为奇。炼狱的一端紧接着地狱，殉难者不肯忘记把最亲近的人带进去的。

最初她把黄金锁住了爱情，结果却锁住了自己。爱情磨折了她一世和一家。她战败了，她是弱者。但因为是弱者，她就没有被同情的资格了么？弱者做了情欲的俘虏，代情欲做了刽子手，我们便有理由恨她么？作者不这么想。在上面所引的几段里，显然有作者深切的怜悯，唤引着读者的怜悯。还有：“多少回了，为了要按捺她自己，她迸得全身的筋骨与牙根都酸楚了。”“十八九岁做姑娘的时候……喜欢她的有……如果她挑中了他们之中的一个，往后日子久了，生了孩子，男人多少对她有点真心。七巧挪了挪头底下的荷叶边洋枕，凑上脸去揉擦一下，那一面的一滴眼泪，她也就懒怠去揩拭，由它挂在腮上，渐渐自己干了。”这些淡淡的朴素的句子，也许为粗忽[①]的读者不会注意的，有如一阵温暖的微风，抚弄着七巧墓上的野草。

和主角的悲剧相比之下，几个配角的显然缓和多了。长安姊弟都不是有情欲的人。幸福的得失，对他们远没有对他们的母亲那么重要。长白尽往陷坑里沉，早已失去了知觉，也许从来就不曾有过知觉。长安有过两次快乐的日子，但都用“一个美丽而苍凉的手势”自愿舍弃了。便是这个手势使她的命运虽不像七巧的那样阴森可怕，影响深远，却令人觉得另一股惆怅与凄凉的滋味。Long long ago[②]的曲调所引起的无名的悲哀，将永远留在读者心坎。

结构，节奏，色彩，在这件作品里不用说有了最幸运的成就。特别值得一提的，还有下列几点：

第一是作者的心理分析，并不采用冗长的独白，或枯索[③]烦琐的解剖，她利用暗示，把动作、言语、心理三者打成一片。七巧，季泽，长安，童世舫，芝寿，都没有专写他们内

① 意为疏忽、马虎。

② 意为很久很久以前。

③ 意为枯燥乏味。

心的篇幅；但他们每一个举动，每一缕思维，每一段谈话，都反映出心理的进展。两次叔嫂调情的场面，不光是那种造型美显得动人，却还综合着含蓄、细腻、朴素、强烈、抑止、大胆，这许多似乎相反的优点。每句说话都是动作，每个动作都是说话。即在没有动作没有言语的场合，情绪的波动也不曾减弱分毫。例如童世舫与长安订婚以后——

> ……两人并排在公园里走着，很少说话，眼角里带着一点对方的衣服与移动着的脚，女子的粉香，男子的淡巴菰气，这单纯而可爱的印象，便是他们的阑干，阑干把他们与大众隔开了。空旷的绿草地上，许多人跑着，笑着，谈着，可是他们走的是寂寂的绮丽的回廊——走不完的寂寂的回廊。不说话，长安并不感到任何缺陷。

还有什么描写，能表达这一对不调和的男女的调和呢？能写出这种微妙的心理呢？和七巧的爱情比照起来，这是平淡多了，恬静多了，正如散文、牧歌之于戏剧。两代的爱，两种的情调。相同的是温暖。

至于七巧磨折长安的几幕，以及最后在童世舫前毁谤女儿来离间他们的一段，对病态心理的刻画，更是令人“毛骨悚然”的精彩文章。

第二是作者的节略法（raccourci）的运用——

风从窗子里进来，对面挂着的回文雕漆长镜被吹得摇摇晃晃，磕托磕托敲着墙。七巧双手按住了镜子。镜子里反映着翠竹帘子和一幅金绿山水屏条依旧在风中来回荡漾着，望久了，便有一种晕船的感觉。再定睛看时，翠竹帘子已经褪色了，金绿山水换了张丈夫的遗像，镜子里的人也老了十年。

这是电影的手法：空间与时间，模模糊糊淡下去了，又隐隐约约浮上来了。巧妙的转调技术！

第三是作者的风格。这原是首先引起读者注意和赞美的部分。外表的美永远比内在的美容易发现。何况是那么色彩鲜明，收得住，泼得出的文章！新旧文字的糅合，新旧意境的交错，在本篇里正是恰到好处。仿佛这利落痛快的文字是天造地设的一般，老早摆在那里，预备来叙述这幕悲剧的。譬喻的巧妙，形象的入画，固是作者风格的特色，但在完成整个作品上，从没像在这篇里那样的尽其效用。例如：“三十年前的上海，一个有月亮的晚上……年轻的人想着三十年前的月亮，该是铜钱大的一个红黄的湿晕，像朵云轩信笺上落了一滴泪珠，陈旧而迷糊。老年人回忆中的三十年前的月亮是欢愉的，比眼前的月亮大，圆，白，然而隔着三十年的辛苦路往回看，再好的月色也不免带些凄凉。”这一段引子，不但月的描写是那么新颖，不但心理的观察那么深入，而且轻描淡写的呵成了一片苍凉的气氛，从开场起就罩住了全篇的故事人物。假如风格没有这综合的效果，也就失掉它的价值了。

毫无疑问，《金锁记》是张女士截至目前为止的最完满之作，颇有《猎人日记》中某些故事的风味。至少也该列为我们文坛最美的收获之一。没有《金锁记》，本文作者决不在下文把《连环套》批评得那么严厉，而且根本也不会写这篇文字。

二、《倾城之恋》

一个“破落户”家的离婚女儿，被穷酸兄嫂的冷嘲热讽撵出母家，跟一个饱经世故，狡猾精刮[①]的老留学生谈恋

① 亦作“精括”，方言，意为精于算计。含贬义。

爱。正要陷在泥淖里时，一件突然震动世界的变故把她救了出来，得到一个平凡的归宿——整篇故事可以用这一两行包括。因为是传奇（正如作者所说），没有悲剧的严肃、崇高，和宿命性；光暗的对照也不强烈。因为是传奇，情欲没有惊心动魄的表现。几乎占到二分之一篇幅的调情，尽是些玩世不恭的享乐主义者的精神游戏：尽管那么机巧，文雅，风趣，终究是精练到近乎病态的社会的产物。好似六朝的骈体，虽然珠光宝气，内里却空空洞洞，既没有真正的欢畅，也没有刻骨的悲哀。《倾城之恋》给人家的印象，仿佛是一座雕刻精工的翡翠宝塔，而非哥特式大寺的一角。美丽的对话，真真假假的捉迷藏，都在心的浮面飘滑；吸引，挑逗，无伤大体的攻守战，遮饰着虚伪。男人是一片空虚的心，不想真正找着落的心，把恋爱看作高尔夫与威士忌中间的调剂。女人，整日担忧着最后一些资本——三十岁左右的青春——再吃一次倒账；物质生活的迫切需求，使她无暇顾到心灵。这样的一幕喜剧，骨子里的贫血，充满了死气，当然不能有好结果。疲乏，厌倦，苟且，浑身小智小慧的人，担当不了悲剧的角色。麻痹的神经偶尔抖动一下，居然探头瞥见了一角未来的历史。病态的人有他特别敏锐的感觉——

……从浅水湾饭店过去一截子路，空中飞跨着一座桥梁，桥那边是山，桥这边是一块灰砖砌成的墙壁，拦住了这边的山……柳原看着她道："这堵墙，不知为什么使我想起地老天荒那一类的话……有一天，我们的文明整个的毁掉了，什么都完了——烧完了，炸完了，坍完了，也许还剩下这堵墙。流苏，如果我们那时候再在这墙根底下遇见了……流苏，也许你会对我有一点真心，也许我会对你有一点真心。"

好一个天际辽阔，胸襟浩荡的境界！在这中篇里，无异[①]平凡的田野中忽然显现出一片无垠的流沙。但也像流沙一样，不过动荡着显现了一刹那。等到预感的毁灭真正临到了，完成了，柳原的神经却只在麻痹之上多加了一些疲倦。从前一刹那的觉醒早已忘记了。他从没再加思索。连终于实现了的"一点真心"也不见得如何可靠。只有流苏，劫后舒了一口气，淡淡的浮起一些感想——

流苏拥被坐着，听着那悲凉的风。她确实知道浅水

① 意为不以为奇。

湾附近，灰砖砌的那一面墙，一定还屹然站在那里……她仿佛做梦似的，又来到墙根下，迎面来了柳原……在这动荡的世界里，钱财，地产，天长地久的一切，全不可靠了。靠得住的只有她腔子里的这口气，还有睡在她身边的这个人。她突然爬到柳原身边，隔着他的棉被拥抱着他。他从被窝里伸出手来握住她的手。他们把彼此看得透明透亮。仅仅是一刹那彻底的谅解，然而这一刹那够他们在一起和谐地活个十年八年。

两人的心理变化，就只这一些。方舟上的一对可怜虫，只有“天长地久的一切全不可靠了”这样淡漠的惆怅。倾城大祸（给予他们的痛苦实在太少，作者不曾尽量利用对比），不过替他们收拾了残局；共患难的果实，“仅仅是一刹那彻底的谅解”，仅仅是“活个十年八年”的念头。笼统的感慨，不彻底的反省。病态文明培植了他们的轻佻，残酷的毁灭使他们感到虚无，幻灭。同样没有深刻的反应。

而且范柳原真是一个这么枯涸的（fade）人么？关于他，作者为何从头至尾只写侧面？在小说中他不是应该和流苏占着同等地位，是第二主题么？他上英国去的用意，始终暧昧不明；流苏隔被拥抱他的时候，当他说“那时候太忙着谈恋爱了，哪里还有工夫恋爱”的时候，他竟没进一步吐露真正切实的心腹。“把彼此看得透明透亮”，未免太速写式的轻轻带过了。可是这里正该是强有力的转捩点，应该由作者全副精神去对付的啊！错过了这最后一个高峰，便只有平凡的，庸碌鄙俗的下山路了。柳原宣布登报结婚的消息，使流苏快活得一忽儿哭一忽儿笑，柳原还有那种cynical[①]的闲适去“羞她的脸”；到上海以后，“他把他的俏皮话省下来说给旁的女人听”；由此看来，他只是一个暂时收了心的唐·裘安[②]，或是伊林华斯[③]勋爵一流的人物。

“他不过是一个自私的男子，她不过是一个自私的女人。”但他们连自私也没有迹象可寻。“在这兵荒马乱的时代，个人主义者是无处容身的。可是总有地方容得下一对平凡的夫妻。”世界上有的是平凡，我不抱怨作者多写了一对平凡的人。但战争使范柳原恢复一些人性，使把婚姻当职业看的流苏有一些转变（光是觉得靠得住的只有腔子里的气和身边的这个人，是不够说明她的转变的），也不能算是怎样的不

① 意为愤世嫉俗的。

② 今译唐璜。拜伦长诗《唐璜》中的主人公。

③ 今译伊林沃斯。英国剧作家奥斯卡·王尔德风俗喜剧《无足轻重的女人》中的人物。

平凡。平凡并非没有深度的意思。并且人物的平凡，只应该使作品不平凡。显然，作者把她的人物过于匆促的送走了。

勾勒的不够深刻，是因为对人物思索得不够深刻，生活得不够深刻；并且作品的重心过于偏向俏皮而风雅的调情。倘再从小节上检视一下的话，那末，流苏“没念过两句书”而居然够得上和柳原针锋相对，未免是个大漏洞。离婚以前的生活经验毫无追叙，使她离家以前和以后的思想引动显得不可解。这些都减少了人物的现实性。

总之，《倾城之恋》的华彩胜过了骨干：两个主角的缺陷，也就是作品本身的缺陷。

三、短篇和长篇

恋爱与婚姻，是作者至此为止的中心题材。长长短短六七件作品，只是variations upon a theme[①]。遗老遗少和小资产阶级，全都为男女问题这噩梦所苦。恶梦中老是淫雨连绵的秋天，潮腻腻的，灰暗，肮脏，窒息与腐烂的气味，像是病人临终的房间。烦恼，焦急，挣扎，全无结果。恶梦没

---

① 意为同一个主题的变奏。

有边际，也就无从逃避。零星的磨折，生死的苦难，在此只是无名的浪费。青春，热情，幻想，希望，都没有存身的地方。川嫦的卧房，姚先生的家，封锁期的电车车厢，扩大起来便是整个的社会。一切之上，还有一只瞧不及的巨手张开着，不知从哪儿重重的压下来，要压瘪每个人的心房。这样一幅图画印在劣质的报纸上，线条和黑白的对照迷糊一些，就该和张女士的短篇气息差不多。

为什么要用这个譬喻？因为她阴沉的篇幅里，时时渗入轻松的笔调，俏皮的口吻，好比一些闪烁的磷火，教人分不清这微光是黄昏还是曙色。有时幽默的分量过了分，悲喜剧变成了趣剧。趣剧不打紧，但若沾上了轻薄味（如《琉璃瓦》），艺术就给摧残了。

明知挣扎无益，便不挣扎了。执著也是徒然，便舍弃了。这是道地的东方精神。明哲与解脱，可同时是卑怯，懦弱，懒惰，虚无。反映到艺术品上，便是没有波澜的寂寂的死气，不一定有美丽而苍凉的手势来点缀。川嫦没有和病魔奋斗，没有丝毫意志的努力，除了向世界遗憾的投射一眼之外，她连抓住世界的念头都没有。不经战斗的投降。自己的父母与爱人对她没有深切的留恋。读者更容易忘记她。而她还是许多短篇[①]中刻画得最深的人物！

微妙尴尬的局面，始终是作者最擅长的一手。时代，阶级，教育，利害观念完全不同的人相处在一块时所有暧昧含糊的情景，没有人比她传达得更真切。各种心理互相摸索，摩擦，进攻，闪避，显得那么自然而风趣，好似古典舞中一边摆着架式（figute）一边交换舞伴那样轻盈，潇洒，熨帖。这种境界稍有过火或稍有不及，《封锁》与《年轻的时候》中细腻娇嫩的气息就要给破坏，从而带走了作品全部的魅力。然而这巧妙的技术，本身不过是一种迷人的奢侈；倘使不把它当作完成主题的手段（如《金锁记》中这些技术的作用），那末，充其量也只能制造一些小骨董。

在作者第一个长篇只发表了一部分的时候就来批评，当然是不免唐突的。但其中暴露的缺陷的严重，使我不能保持谨慎的缄默。

《连环套》的主要弊病是内容的贫乏。已经刊布了四期，还没有中心思想显露。霓喜和两个丈夫的历史，仿佛是一串五花八门，西洋镜式的小故事杂凑而成的。没有心理的进展，因此也看不见潜在的逻辑，一切穿插都失掉了意义。

---

① 《心经》一篇只读到上半篇，九月期《万象》遍觅不得，故本文特置不论。好在这儿写的不是评传，挂漏也不妨。——作者原注

雅赫雅是印度人，霓喜是广东养女：就这两点似乎应该是《第一环》的主题所在。半世纪前印度商人对中国女子的看法，即使逃不出“玩物”二字，难道竟没有旁的特殊心理？他是殖民地种族，但在香港和中国人的地位不同，再加是大绸缎铺子的主人。可是《连环套》中并无这两三个因素错杂的作用。养女（而且是广东的养女）该有养女的心理，对她一生都有影响。一朝移植之后，势必有一个演化蜕变的过程；决不会像作者所写的，她一进绸缎店，仿佛从小就在绸缎店里长大的样子。我们既不觉得雅赫雅买的是一个广东养女，也不觉得广东养女嫁的是一个印度富商。两个典型的人物都给中和了。

错失了最有意义的主题，丢开了作者最擅长的心理刻画，单凭着丰富的想象，逞着一支流转如踢踏舞似的笔，不知不觉走上了纯粹趣味性的路。除开最初一段，越往后越着重情节：一套又一套的戏法（我几乎要说是噱头），突兀之外还要突兀，刺激之外还要刺激，仿佛作者跟自己比赛似的，每次都要打破上一次的纪录，像流行的剧本一样，也像歌舞团里的接一连二的节目一样，教读者眼花缭乱，应接不暇。描写色情的地方（多的是），简直用起旧小说和京戏——尤其是梆子戏——中最要不得而最叫座的镜头！《金锁记》的作者竟不惜用这种技术来给大众消闲和打哈哈，未免太出人意外了。

至于人物的缺少真实性，全都弥漫着恶俗的漫画气息，更是把taste[①]“看成了脚下的泥”。西班牙女修士的行为，简直和中国从前的三姑六婆一模一样。我不知半世纪前香港女修院的清规如何，不知作者在史实上有何根据，但她所写的，倒更近于欧洲中世纪的丑史，而非她这部小说里应有的现实。其次，她的人物不是外国人，便是广东人。即使地方色彩在用语上无法积极的标识出来，至少也不该把纯粹《金瓶梅》《红楼梦》的用语，硬嵌入西方人和广东人嘴里。这种错乱得可笑的化装，真乃不可思议。

风格也从没像在《连环套》中那样自贬得厉害。节奏，风味，品格，全不讲了。措辞用语，处处显出“信笔所之”的神气，甚至往腐化的路上走。《倾城之恋》的前半篇，偶尔已看到“为了宝络这头亲，却忙得鸦飞雀乱，人仰马翻”的套语；幸而那时还有节制，不过小疵而已。但到了《连环套》，这小疵竟越来越多，像流行病的细菌一样了：“两个嘲戏做一堆”，“是那个贼囚根子在他跟前……”，“一路上凤尾森森，香尘细细”，“青山绿水，观之不足，看

① 意为味道、滋味、风味。

之有余"，"三人分花拂柳"，"衔恨于心，不在话下"，"见了这等人物，如何不喜"，"……暗暗点头，自去报信不提"，"他触动前情，放出风流债主的手段"，"有话即长，无话即短"，"那内侄如同箭穿雁嘴，钩搭鱼鳃，做声不得"……这样的滥调，旧小说的渣滓，连现在的鸳鸯蝴蝶派和黑幕小说家也觉得恶俗而不用了，而居然在这里出现。岂不也太像奇迹了吗？

在扯了满帆，顺流而下的情势中，作者的笔锋"熟极而流"，再也把不住舵。《连环套》逃不过刚下地就夭折的命运。

四、结论

我们在篇首举出一般创作的缺陷，张女士究竟填补了多少呢？一大部分，也是一小部分。心理观察，文字技巧，想象力，在她都已不成问题。这些优点对作品真有贡献的，却只《金锁记》一部。我们固不能要求一个作家只产生杰作，但也不能坐视她的优点把她引入危险的歧途，更不能听让新的缺陷去填补旧的缺陷。

《金锁记》和《倾城之恋》，以题材而论似乎前者更难处理，而成功的却是那更难处理的。在此见出作者的天分和功力。并且她的态度，也显见对前者更严肃，作品留在工场里的时期也更长久。《金锁记》的材料大部分是间接得来的：人物和作者之间，时代，环境，心理，都距离甚远，使她不得不丢开自己，努力去生活在人物身上，顺着情欲发展的逻辑，尽往第三者的个性里钻。于是她触及了鲜血淋漓的现实。至于《倾城之恋》，也许因为作者身经危城劫难的印象太强烈了，自己的感觉不知不觉过量的移注在人物身上，减少了客观探索的机会。她和她的人物同一时代，更易混入主观的情操。还有那漂亮的对话，似乎把作者首先迷住了：过度的注意局部，妨害了全体的完成。只要作者不去生活在人物身上，不跟着人物走，就免不了肤浅之病。

小说家最大的秘密，在能跟着创造的人物同时演化。生活经验是无穷的，作家的生活经验怎样才算丰富是没有标准的。人寿有限，活动的环境有限；单凭外界的材料来求生活的丰富，决不够成为艺术家。唯有在众生身上去体验人生，才会使作者和人物同时进步，而且渐渐超过自己。巴尔扎克不是在第一部小说成功的时候，就把人生了解得那么深，那么广的。他也不是对贵族，平民，劳工，富商，律师，诗人，画家，荡妇，老处女，军人……那些种类万千的人的心理，分门别类的一下子都研究明白，了如指掌之后，然后动笔写作的。现实世界所有的不过是片段的材料，片段的暗示；经小说家用心理学家的眼光，科学家的耐心，宗教家的热诚，依照严密的逻辑推索下去，忘记了自我，化身为故事中的角色（还要走多少回头路，白花多少心力），陪着他们作身心的探险，陪他们笑，陪他们哭，才能获得作者实际未曾经历的经历。一切的大艺术家就是这样一面工作一面学习的。这些平凡的老话，张女士当然知道。不过作家所遇到的诱惑特别多，也许旁的更悦耳的声音，在她耳畔盖住了老生常谈的单调的声音。

技巧对张女士是最危险的诱惑。无论哪一部门的艺术家，等到技巧成熟过度，成了格式，就不免要重复他自己。在下意识中，技能像旁的本能一样时时骚动着，要求一显身手的机会，不问主人胸中有没有东西需要它表现，结果变成了文字游戏。写作的目的和趣味，仿佛就在花花絮絮的方块字的堆砌上。任何细胞过度的膨胀，都会变成癌。其实，彻底的说，技巧也没有止境。一种题材，一种内容，需要一种特殊的技巧去适应。所以真正的艺术家，他的心灵探险史，往往就是和技巧的战斗史。人生形相之多，岂有一两套衣装就够穿戴之理？把握住了这一点，技巧永久不会成癌，也就无所谓危险了。

文学遗产的记忆过于清楚，是作者另一危机。把旧小说的文体运用到创作上来，虽在适当的限度内不无情趣，究竟近于玩火，一不留神，艺术会给它烧毁的。旧文体的不能直接搬过来，正如不能把西洋的文法和修辞直接搬用一样。何况俗套滥调，在任何文字里都是毒素！希望作者从此和它们隔离起来。她自有她净化的文体。《金锁记》的作者没有理由往后退。

聪明机智成了习气，也是一块绊脚石。王尔德派的人生观，和东方式的“人生朝露”的腔调混合起来，是没有前程的。它只能使心灵从洒脱而空虚而枯涸，使作者离开艺术，离开人生，埋葬在沙龙里。

我不责备作者的题材只限于男女问题。但除了男女之外，世界究竟还辽阔得很。人类的情欲不仅仅限于一二种。假如作者的视线改换一下角度的话，也许会摆脱那种淡漠的贫血的感伤情调；或者痛快成为一个彻底的悲观主义者，把人生剥出一个血淋淋的面目来。我不是鼓励悲观。但心灵的窗子不会嫌开得太多，因为可以免除单调与闭塞。

总而言之，才华最爱出卖人！像张女士般有多方面的修养而能充分运用的作家（绘画，音乐，历史的运用，使她的文体特别富丽动人），单从《金锁记》到《封锁》，不过如一杯兑过几次开水的龙井，味道淡了些。即使如此，也嫌太奢侈，太浪费了。但若取悦大众（或只是取悦自己来满足技巧欲——因为作者可能谦抑地说：我不过写着玩儿的）到写日报连载小说（fuilleton）的所谓fiction[①]的地步，那样的倒车开下去，老实说，有些不堪设想。

宝石镶嵌的图画被人欣赏，并非为了宝石的彩色。少一些光芒，多一些深度，少一些辞藻，多一些实质：作品只会有更完满的收获。多写，少发表，尤其是服侍艺术最忠实的态度。（我知道作者发表的决非她的处女作，但有些大作家早年废弃的习作，有三四十部小说从未问世的记录。）文艺女神的贞洁是最宝贵的，也是最容易被污辱的。爱护她就是爱护自己。

一位旅华数十年的外侨和我闲谈时说起："奇迹在中国不算希奇，可是都没有好收场。"但愿这两句话永远扯不到张爱玲女士身上！

一九四四年四月七日

---

① 小说。

罗曼·罗兰《约翰·克利斯朵夫》[1]

在本书[2]十卷中间，本册所包括的两卷恐怕是最混沌最不容易了解的一部了。因为克利斯朵夫在青年成长的途中，而青年成长的途程[3]就是一段混沌、暧昧、矛盾、骚乱的历史。顽强的意志，簇新[4]的天才，被更趋顽强的和年代久远的传统与民族性拘囚在樊笼里。它得和社会奋斗，和过去的历史奋斗，更得和人类固有的种种劣根性奋斗。一个人唯有在这场艰苦的斗争中得胜，才能打破青年期的难关而踏上成人的大道。儿童期所要征服的是物质世界，青年期所要征服的是精

---

① 初收《约翰·克利斯朵夫》，上海：商务印书馆，一九四一年。本文是作者为《约翰·克利斯朵夫》第二册撰写的序文，原置于卷四之首，一九八六年再版时应读者要求重新收入。原题为《罗曼·罗兰〈约翰·克利斯朵夫〉译者弁言》，现标题为编者所改。

② 指《约翰·克利斯朵夫》，上海：商务印书馆，一九四一年。

③ 意为路途、道路。

④ 意为崭新。

神世界。还有最悲壮的是现在的自我和过去的自我冲突：从前费了多少心血获得的宝物，此刻要费更多的心血去反抗，以求解脱。

“这个时期正是他闭着眼睛对幼年时代的一切偶像反抗的时期。他恨自己，恨他们，因为当初曾经五体投地的相信了他们——而这种反抗也是应当的。人生有一个时期应当敢于不公平，敢把跟着别人佩服的敬重的东西——不管是真理是谎言——一概摒弃，敢把没有经过自己认为是真理的东西统统否认。所有的教育，所有的见闻，使一个儿童把大量的谎言与蠢话，和人生主要的真理混在一起吞饱了，所以他若要成为一个健全的人，少年时期的第一件责任就得把宿食呕吐干净。”

是这种心理状态驱使克利斯朵夫肆无忌惮的抨击前辈的宗师，抨击早已成为偶像的杰作，抉发[①]德国民族的矫伪和感伤性，在他的小城里树立敌人，和大公爵冲突，为了精神的自由丧失了一切物质上的依傍，终而至于亡命国外（关于这些，尤其是克利斯朵夫对于某些大作的攻击，原作者在卷四的初版序里就有简短的说明）。至于强烈狂野的力在胸中冲

---

① 意为发掘。

撞奔突的骚乱，尚未成形的艺术天才挣扎图求生长的苦闷，又是青年期的另外一支精神巨流。

“一年之中有几个月是阵雨的季节，同样，一生之中有些年龄特别富于电力……

“整个的人都很紧张。雷雨一天一天的酝酿着。白茫茫的天上布满着灼热的云。没有一丝风，凝集不动的空气在发酵，似乎沸腾了。大地寂静无声，麻痹了。头里在发烧，嗡嗡的响着；整个天地等着那愈积愈厚的力爆发，等着那重甸甸的高举着的锤子打在乌云上面。又大又热的阴影移过，一阵火辣辣的风吹过；神经像树叶般发抖……

“这样等待的时候自有一种悲怆而痛快的感觉。虽然你受着压迫，浑身难过，可是你感觉到血管里头有的是烧着整个宇宙的烈火。陶醉的灵魂在锅炉里沸腾，像埋在酒桶里的葡萄。千千万万的生与死的种子都在心中活动。结果会产生些什么来呢？……像一个孕妇似的，你的心不声不响的看着自己，焦急的听着脏腑的颤动，想道：‘我会生下些什么来呢？’”

这不是克利斯朵夫一个人的境界，而是古往今来一切伟大的心灵在成长时期所共有的感觉。

“欢乐，如醉如狂的欢乐，好比一颗太阳照耀着一切现在与未来的成就，创造的欢乐，神明的欢乐！唯有创造才是欢乐。唯有创造的生灵才是生灵。其余的尽是与生命无关而在地下飘浮的影子……

“创造，不论是肉体方面的或精神方面的，总是脱离躯壳的樊笼，卷入生命的旋风，与神明同寿。创造是消灭死。”

瞧，这不是贝多芬式的艺术论么？这不是柏格森派的人生观么？现代的西方人是从另一途径达到我们古谚所谓“物我同化”的境界的，译者所热诚期望读者在本书中有所领会的，也就是这个境界。

“创造才是欢乐”，“创造是消灭死”，是罗曼·罗兰这阕大交响乐中的基调，他所说的不朽，永生，神明，都当做如是观。

我们尤须牢记的是，切不可狭义的把《约翰·克利斯朵夫》单看做一个音乐家或艺术家的传记。艺术之所以成为人生的酵素，只因为它含有丰满无比的生命力。艺术家之所以成为我们的模范，只因为他是不完全的人群中比较最完全的一个。而所谓完全并非是圆满无缺，而是颠扑不破的、再接再厉的向着比较圆满无缺的前途迈进的意思。

然而单用上述几点笼统的观念还不足以概括本书的精神。译者在第一册卷首的献辞和这段弁言的前节里所说的，只是《约翰·克利斯朵夫》这部书属于一般的、普泛的方面。换句话说，至此为止，我们的看法是对一幅肖像画的看法，所见到的虽然也有特殊的征象，但演绎出来的结果是对于人类的一般的、概括式的领会。可是本书还有另外一副更错杂的面目：无异一幅巨大的历史画——不单是写实的而且是象征的，含有预言意味的。作者把整个十九世纪末期的思想史、社会史、政治史、民族史、艺术史来做这个新英雄的背景。于是本书在描写一个个人而涉及人类永久的使命与性格以外，更具有反映某一特殊时期的历史性。

最显著的对比，在卷四与卷五中占着一大半篇幅的，是德法两个民族的比较研究。罗曼·罗兰使青年的主人翁先对德国做一极其严正的批判：

“他们耗费所有的精力，想把不可调和的事情加以调和。特别从德国战胜以后，他们更想来一套令人作呕的把戏，在新兴的力和旧有的原则之间觅取妥协……吃败仗的时候，大家说德国是爱护理想。现在把别人打败了，大家说德国是人类的理想。看到别的国家强盛，他们就像莱辛一样的说：‘爱国心不过是想做英雄的倾向，没有它也不妨事’，并且自称为‘世界公民’。如今自己抬头了，他们便对于所谓‘法国式’的理想不胜轻蔑，对什么世界和平，什么博爱，什么和衷共济的进步，什么人权，什么天然的平等，一律瞧不起，并且说最强的民族对别的民族可以有绝对的权利，而别的民族，就因为弱，所以对它绝对没有权利可言。它是活的上帝，是观念的化身，它的进步是用战争、暴行、压力，来完成的……”（在此，读者当注意这段文字是在二十世纪初期写的。）

尽量分析德国民族以后，克利斯朵夫便转过来解剖法兰西了。卷五用的“节场”这个名称就是含有十足暴露性的。说起当时的巴黎乐坛时，作者认为“只是一味的温和，苍白，麻木，贫血，憔悴……”又说那时的音乐家“所缺少的是意志，是力；一切的天赋他们都齐备——只少一样：就是强烈的生命”。

“克利斯朵夫对那些音乐界的俗物尤其感到恶心的，是他们的形式主义。他们之间只讨论形式一项。情操，性格，生命，都绝口不提！没有一个人想到真正的音乐家是生活在音响的宇宙中的，他的岁月就寄于音乐的浪潮。音乐是他呼吸的空气，是他生息的天地。他的心灵本身便是音乐，他所爱，所憎，所苦，所惧，所希望，又无一而非音乐……天才是要用生命力的强度来测量的，艺术这个残缺不全的工具也不过想唤引生命罢了。但法国有多少人想到这一点呢？对这个化学家式的民族，音乐似乎只是配合声音的艺术。它把字母当做书本……”

等到述及文坛、戏剧界的时候，作者所描写的又是一片颓废的气象，轻佻的癖习，金钱的臭味。诗歌与戏剧，在此拉丁文化的最后一个王朝里，却只是“娱乐的商品”。笼罩着知识阶级与上流社会的，只有一股沉沉的死气。

“豪华的表面，繁嚣的喧闹，底下都有死的影子。”

“巴黎的作家都病了……但在这批人，一切都归结到贫瘠的享乐。贫瘠，贫瘠。这就是病根所在。滥用思想，滥用感官，而毫无果实……”

对此十九世纪的“世纪末”现象，作者不禁大声疾呼：

“可怜虫！艺术不是给下贱的人享用的下贱刍秣。不用说，艺术是一种享受，一切享受中最迷人的享受。但你只能用艰苦的奋斗去换来，等到‘力’高歌胜利的时候才有资格得到艺术的桂冠……你们沾沾自喜的培养你们民族的病，培养他们的好逸恶劳，喜欢享受，喜欢色欲，喜欢虚幻的人道主义，和一切足以麻醉意志，使它萎靡不振的因素。你们简直是把民族带去上鸦片烟馆……”

巴黎的政界，妇女界，社会活动的各方面，都逃不出这腐化的氛围。然而作者并不因此悲观，并不以暴露为满足，他在苛刻的指摘和破坏后面，早就潜伏着建设的热情。正如克利斯朵夫早年的剧烈抨击古代宗师，正是他后来另创新路的起点。破坏只是建设的准备。在此德法两民族的比较与解剖下面，隐伏着一个伟大的方案：就是以德意志的力救济法兰西的萎靡，以法兰西的自由救济德意志的柔顺服从，西方文化第二次的再生应当从这两个主要民族的文化交流中发轫。所以罗曼·罗兰使书中的主人翁生为德国人，使他先天成为一个强者、力的代表[①]，秉受着古佛兰德斯族的质朴的精神，具有贝多芬式的英雄意志，然后到莱茵彼岸去领受纤腻的、精练的、自由的法国文化的洗礼。拉丁文化太衰老，日耳曼文化太粗犷，但是两者交汇融合之下，倒能产生一个理想的新文明。克利斯朵夫这个新人，就是新人类的代表。他的最后的旅程，是到拉斐尔的祖国去领会清明恬静的意境。从本能到智慧，从粗犷的力到精练的艺术，是克利斯朵夫前期的生活趋向，是未来文化——就是从德国到法国——的第一个阶段。从血淋淋的战斗到平和的欢乐，从自我和社会的

① 他的姓克拉夫脱（Kraft）在德文中就是力的意思。——作者原注

认识到宇宙的认识，从扰攘骚乱到光明宁静，从多雾的北欧越过阿尔卑斯，来到阳光绚烂的地中海，克利斯朵夫终于达到了最高的精神境界：触到了生命的本体，握住了宇宙的真如[①]，这才是最后的解放，“与神明同寿”！意大利应当是心灵的归宿地（卷五末所提到的葛拉齐亚便是意大利的化身）。

尼采的查拉图斯特拉现在已经具体成形，在人间降生了。他带来了鲜血淋漓的现实。托尔斯泰的福音主义的使徒只成为一个时代的幻影，烟雾似的消失了，比“超人”更富于人间性、世界性、永久性的新英雄克利斯朵夫，应当是人类以更大的苦难、更深的磨炼去追求的典型。

这部书既不是小说，也不是诗，据作者的自白，说它有如一条河。莱茵这条横贯欧洲的巨流是全书的象征。所以第一卷第一页第一句便是极富于音乐意味的、包藏无限生机的“江声浩荡……”

对于一般的读者，这部头绪万端的迷宫式的作品，一时

① 佛教术语，谓永恒存在的实体、实性，亦即宇宙万有的本体，指现象的本质或真实性。真，真实不虚妄之意；如，不变其性之意。即大乘佛教所说之“万有之本体”。

恐怕不容易把握它的真谛，所以译者谦卑的写这篇说明作为引子，希望为一般探宝山的人做一个即使不高明、至少还算忠实的向导。

一九四〇年

雨果的少年时代[1]

一、父亲

维克托·雨果（Victor Hugo）的曾祖，是法国东北洛林（Lorraine）州的农夫，祖父是木匠，父亲是拿破仑部下的将军。

雨果将军（Général Léopold Hugo）于一七七三年生于法国东部南锡城（Nancy）。一七八八年从朗西中学出来之后，不久便投入行伍，数十年间，身经百战，受伤数次：从莱茵河直到地中海，从科西嘉岛（Corse——即拿破仑故乡）远征西班牙。一八一二年法国军队退出西班牙后，雨果将军回到故国，度着差不多是退休的生活，一八二八年病死巴黎。

论到将军的为人，虽然是一个勇武的战士，可并非善良

① 原载《中法大学月刊》第八卷第二期，一九三五年十二月。

的丈夫。如一切大革命时代的军人一样，心地是慈悲的，慷慨的，但生性是苛求的，刚愎的，在另一方面又是肉感的，在长年远征的时候，不能保守对于妻子的忠实。

一七九三年革命军与王党战于旺代（Vendée）的时候，利奥波德·雨果还只是一个大尉，他结认了一个名叫索菲·特雷比谢（Sophie Trebuchet）的女子，两人渐渐相悦，一七九七年十一月十五日在巴黎结了婚。最初，夫妇颇相得，一七九八年在巴黎生下第一个儿子阿贝尔（Abel），一八〇〇年于南锡生下次子欧仁（Eugène）。一八〇二年于贝桑（Besançon）复生下我们的大诗人维克托。

结缡六载，夫妇的感情，还和初婚时一样热烈，一样新鲜。丈夫出征莱茵河畔的时候，不断的给留在家里的妻子写信，这些信至今保留着，那是卢梭的《新哀洛绮思》（Nouveile Hèloîse）式的多愁善感的情书。妻子的性情似乎比较冷静，但对于丈夫竭尽忠诚。一八〇二年，维克托生下不久，他们正在南方的口岸马赛预备出发到科西嘉去；她为了丈夫的前程特地折回巴黎去替他疏通。她一直逗留了九个月，回来的时光，热情的丈夫耐不住这长期的孤寂，“不能远远地空洞地爱她”（这是丈夫信中的话），已经另觅了一个情妇，从此，直到老死，就和妻妇仳离[①]了。雨果夫人从马赛到科西嘉，从科西嘉到易北河岛（Elbe），从易北河到意大利，到西班牙，辗转跟从着丈夫，想使他回心转意，责备他忘恩负义，可是一切的努力，只是加深了夫妇间的裂痕。

父亲一向只欢喜长子阿贝尔，两个小兄弟，欧仁和维克托，从小就难得见到父亲，直到一八二一年母亲死后，父亲才渐渐注意到两个孤儿，也在这时候，维克托发现了他父亲的“伟大处”，才感觉到这个硕果仅存的老军人，带有多少史诗的神秘性和英雄气息。但在母亲生存的时期，幼弱的儿童所受到父亲的影响，只有生活的悲苦，从一八一五年起，雨果将军差不多是退伍了，收入既减少，供给妻子的生活费也就断绝了：母亲和两个小儿子的衣食须得自己设法。幼年所受到的人生的磨难，数十年后便反映在《悲惨世界》（*Les Misérables*）里。维克托·雨果描写玛里于斯·蓬曼西（Marius Pontmercy）从小远离着父亲的生活：父亲是拿破仑部下的一个大佐，早年丧妻，远游在外，又因迫于穷困，把儿子玛里于斯寄养在有钱的外祖家。这是一个保王党的家庭，周围的人对于拿破仑的名字都怀着敌意，因为父亲

① 意为离别、离散。

是革命军人，故孩子亦觉得到处受人歧视："终于他想起父亲时，心中充满着羞惭悲痛……一年只有两次，元旦日和圣乔治节（那是父亲的命名纪念日），他写信给父亲，措辞却是他的姨母读出来教他录写的……他确信父亲不爱他，故他亦不爱父亲……"这段叙述，只要把圣乔治节换作圣莱沃博节，把姨母换作母亲，便是维克托·雨果自己的历史了。如玛里于斯一般，维克托想着不为父亲所爱而难过。见到自己的母亲活守寡般的痛苦，孤身为了一家生活而奋斗，因了母亲的受难，觉得自己亦在受难，这种思想对于幼弱的心灵是何等残酷！雨果早岁的严肃，在少年作品中表现的悲愁，便可在此得到解释。他在一八三一年（二十九岁）刊行的《秋叶》（*Feuilles d' Automne*）诗集中颇有述及他苦难的童年的句子，例如：

Maintenant, jeune encore et souvent éprouvé,
J'ai plus d'unl souvenir profondément gravé,
Et I'on peut distinguer bien des choses passées,
Dans ces plis de mon front que creusent mes pensées.

（大意）

年少磨难多，回忆心头锁。

额上皱痕中，往事曷胜数。

父亲赐予儿童的，除了早岁便识得人生悲苦以外，还有长途的旅行，当后来雨果逃亡异国的时候，他的夫人根据他的口述写下那部《一个伴侣口中的维克托·雨果》（*Victor Hugo raconté par un témoin de sa vie*），其中便有多少童年的回忆，尤其是关于一八一一年维克托九岁时远游西班牙的记录，无异是一首儿童的史诗。

一八一一年三月十日，他们从巴黎出发，但旅行的计划在数星期前已经决定了；三个孩子也不耐烦地等了好久了，老是翻阅那部西班牙文法，把大木箱关了又开，开了又关。终于动身了，雨果夫人租一辆大车，装满了箱笼行李，车内坐着母亲，长子阿贝尔，男仆一名，女仆一名。两个幼子虽然亦有他们的位置，却宁愿蹲在外面看野景。他们经过法国南部的各大名城，布卢瓦（Blois），图尔（Tours），博蒂埃（Poitiers）。昂古莱姆（Angoulême）的两座古塔的印象一直留在雨果的脑海里，到六十岁的时候，还能清清楚楚的凭空描绘下来。至于那西部的大商埠波尔多（Bordeaux），他只记得那些巨大无比的沙田鱼和比蛋糕还有味的面包。每天晚上，他们随便在乡村旅店中寄宿。多少日子以后，到达西南边省的首府巴约纳（Bayonne）。从此过去，得由雨果将军调派的一队卫兵护送的了，可是卫兵来迟了，不得不在城里老等。等待，可也有它的乐趣，巴约纳有座戏院，雨果夫人去买了长期票。第一个晚上，孩子们真是快乐得无以形容："那晚上演的剧，叫做《巴比伦的遗迹》，是一出美好的小品歌剧……可喜第二晚仍是演的同样的戏！再来一遍，正好细细玩味……第三天仍旧是《巴比伦的遗迹》，这未免过分，他们已全盘看熟了；但他们依旧规规矩矩静听着……第四天戏目没有换，他们注意到青年男女在台下喁喁做情话。第五天，他们承认太长了些；第六天，第一幕没有完，他们已睡熟了；第七天，他们获得了母亲的同意不再去了。"

对于维克托，时间究竟过得很快；因为他们寄住的寡妇家里，有一个比他年纪较长的女孩，大约是十四五岁，在他眼里，已经是少女了。他离不开她：终日坐在她身旁听她讲述美妙的故事，但他并不真心的听，他呆呆地望着她，她回过头来，他脸红了。这是诗人第一次的动情……一八四三年，他写*Lise*[①]一诗，有言：

---

① 《莉萨》。

Jeunes amours si vite épanouies,
Vous êtes l'aube et le matin du coeur,
Charmez nos coeurs, extases inouîes,
Et quand le soir vient avec la douleur,
Charmez encor nos âmes éblouies,
Jeunes amours si vite évanouies!

（大意）

转瞬即逝的童年爱恋，
无异心的平旦与晨曦，
抚慰我们的心灵吧，恍惚依稀，
即是痛苦与黄昏同降，
仍来安抚我们迷乱的魂灵，
啊，转瞬即逝的童年爱恋！

三月过去了，卫兵到了，全家往西班牙京城进发。

这是雨果将军一生最得意的时代，他把最爱的长子阿贝尔送入王宫，当了西班牙王何塞（Joseph）的侍卫。欧仁和维克托被送入一所贵族学校。那里的课程幼稚得可怜，弟兄俩在一星期中从七年级直跳到修辞班。那些当地的同学都是西班牙贵族的子弟，他们都怀恨战胜的法国人。雨果兄弟时常和他们打架，欧仁的鼻子被他们用剪刀戳伤了，维克托觉得很厌烦，忧忧郁郁的病倒了。母亲来看他，抚慰他。有一天，他在膳厅里和贝那王德侯爵夫人的四个孩子一起玩耍时，忽然看见一个穿着绣花袍子的妇人高傲地走进来，严肃地伸手给四个孩子亲吻，依着年龄长幼的次序。维克托看到这种情景，益发觉得自己的母亲是如何温柔如何真切了。日子一天一天的过去，法国人在西班牙的势力一天一天的瓦解了。雨果一家人启程回国，孩子们在归途上和出发时一样高兴。

这些经过不独在雨果老年时还能历历如绘般讲述出来，且在他的许多诗篇（如*Orientales*①）许多剧本（如*Hernani*②，*Ruy Blas*③）中，留下西班牙鲜艳明快的风光和强悍而英武的人物。东方的憧憬，原是浪漫派感应之一，而东方色彩极浓厚的西班牙景色，却在这位巨匠的童稚心中早已种下了根苗。

---

① 《东方诗集》。

② 《欧那尼》。

③ 《吕伯兰》。

二、母亲

凡是世间做了母亲的女子，至少可以分成两类：一是母性掩蔽不了取悦男子的本能的女子，虽然生男育女，依旧卖弄风情，要博取丈夫的欢心；一是有了孩子之后什么都不理会的女子，她们觉得自己的使命与幸福，只在于抚育儿女，爱护儿女。

维克托·雨果的母亲便是这后一类的女子，不消说，这是一个贤母，可是她为了孩子，不知不觉的把丈夫的爱情牺牲了。

关于她的出身，我们知道得很少。索菲·特雷比谢于一七七二年生于法国西部海口南特（Nantes）。她的父亲从水手出身做到船长，在她十一岁上便死了，她的母亲却更早死三年，故她自幼即由姑母罗班（Robin）教养。姑母家道寒素，由此使她学得了俭省。姑母最爱读书观剧，使她感染了文学趣味。嫁给雨果将军的最初几年，可说是她一生最幸福的岁月，我们在上文已提及。但自一八〇三年起，丈夫便和她分居了，他亦难得有钱寄给她，只有在一八〇七到一八一二年中间，因为雨果将军在意大利西班牙很有权势，故陆续供给她相当的生活费。一八〇七年，她收到全年的费用三千法郎，一八〇八年增至四千法郎，一八一二年竟二千法郎。但一八〇五年时她每月只有一百五十法郎，一八一二年十月到一八一三年九月之间也只收到二千五百法郎，从此直到一八一八年分居诉讼结束时，她的生活费几乎是分文无着。但这最艰苦的几年，亦是她一生最快乐的几年。她自己操作，自己下厨房，省下钱来充两个小儿子的教育费。但她受着他们热烈的爱戴，弟兄俩早岁已露头角，使她感到安慰，感到骄傲。对于一个可怜的弃妇，还有比这更美满的幸福么！

她的性格，也许缺少柔性，夫妇间的不睦，也许并非全是将军的过错，也许她不是一个怎样的贤妻，但她整个心身都交给孩子了。从一八〇三年为了丈夫的前程单身到巴黎勾留了九个月回来以后，她从没有离开孩子。虽然经济很拮据，她可永远不让孩子短少什么，在巴黎所找的住处，总是为了他们的健康与快乐着想。

她是一个思想自由，意志坚强的女子，尽管温柔地爱着儿子，可亦保持着严厉的纪律。在可能的范围内，她避免伤害儿童的本能与天性，她让他们尽量游戏，在田野中奔跑，或对着大自然出神。但她亦限制他们的自由，教他们整饬有序，教他们勤奋努力；不但要他们尊敬她，还要他们尊敬不在目前的父亲，这是有维克托兄弟俩写给将军的信可以证明的。她老早送他入学，维克托七岁时已能讲解拉丁诗人的名作。他十一二岁时，母亲让他随便看书，亦毫不加限制，她认为对于健全的人一切都是无害的。她每天和他们长时间的谈话，在谈话中她开发他们的智慧，磨炼他们的感觉。

不久，父母间的争执影响到儿童了。雨果将军以为他们站在母亲一边和他作对；为报复起见，他于一八一四年勒令把欧仁和维克托送入Decotte et Cordier[①]寄宿舍，同时到路易中学（Lycée Louisle Grand）上课。他禁止两个儿子和母亲见面，把看护之责付托给一个不相干的姑母。母子间的信札，孩子的零用亦都经过她的手。这种行为自然使小弟兄俩非常愤懑，他们觉得这不但是桎梏他们，且是侮辱他们的母亲。他们偷偷和母亲见面，写信给父亲抗议，诉说姑母从中舞弊，吞没他们的零用钱。一八一八年分居诉讼的结果，把两个儿子的教养责任判给了母亲，恰巧他们的学业也修满了，便高高兴兴离开了寄宿舍重新回到慈母的怀抱里。维克托表面上是在大学法科注册，实际已开始过着著作家生活。雨果将军原要他进理科，进国立多艺学校（Ecole

① 法语，意为德科特和科迪尔。

Polytechnique），维克托还是仗着母亲回护之力，方能实现他自己的愿望。

知子莫若母，她的目力毕竟不错。十五岁，维克托获得法兰西学院（Académie Française）的诗词奖；十七岁，又和于也纳创办了一种杂志，叫做*Le Conservateur Littéraire*；一八二三年，二十一岁时，又加入*Muse Française*杂志社。未来的文坛已在此时奠下了最初的基础，因为缪塞，维尼，拉马丁辈都和这份杂志发生关系，虽然刊物存在的时候很短，无形中却已构成了坚固的文学集团（Cénacle）。

像这样的一位慈母，雨果自幼受着她温柔的爱护、刚柔并济的教育，相依为命的直到成年，成名，自无怪这位诗人在一生永远纪念着她，屡次在诗歌中讴歌她，颂赞她，使她不朽了。

三、弗伊朗坦斯

现在我们得讲述维克托·雨果少年时代最亲切的一个时期。

治法国文学的人，都知道在十八九世纪的法国文学史上有三座著名的古屋。第一是夏多布里昂（Chateaubriand）的孔布（Combourg）古堡：北方阴沉的天色，郁郁苍苍的丛林，荒凉寂寞的池塘环绕着两座高矗的圆塔，这是夏多布里昂童时[①]幻想出神之处，这凄凉忧郁的情调确定了夏氏全部作品的倾向。第二是拉马丁（Lamartine）在米里（Milly）的住处，这是在法国最习见的乡间的房屋，一座四方形的二层楼，墙上满是葡萄藤，前面是一个小院落，后面是一个小园，一半种菜一半莳花，远景是两座山头。这是拉马丁梦魂萦绕的故乡，虽然他并不在那里诞生，可是他的心"永远留在那边"。

夏多布里昂和拉马丁的古屋至今还很完好，有机会旅行的人，从法国南方到北方，十余小时火车的途程，便可到前述的两处去巡礼。至于第三处的旧居，却只存在于雨果的回忆与诗歌中了。那是巴黎的一座女修道院，名字铿锵可诵，叫做Feuillantines，建于一六二二至一六二三年间，到十八世纪末叶大革命的时候，修道院解散了，雨果夫人领着三个儿子于一八〇九年迁入的辰光，园林已经荒芜了十七年。

一八〇九年，雨果母亲和他们从意大利回到巴黎，住在Ruedu faubourg St-Jacques二五〇号。母亲天天在街上跑，

---

① 即童年、儿时。

想找一所有花园的屋子，使孩子们得以奔驰游散。一天，母亲从外面回来，高兴地喊道："我找到了！"翌日，她便领着孩子们去看新居，就在同一条街上，只有几十步路，一条小街底上，推开两扇铁门，走过一个大院落，便是正屋，屋子后面是座花园，二百米长，六十米宽。园子里长满了高高矮矮的丛树和野草，孩子们无心细看正屋里的客厅卧室，只欣喜欲狂地往园里跑，他们计算着刈除蔓草，计算着在大树的枝桠上悬挂秋千。这是他们的新天地啊。

从此他们便迁居在这座几百年的古屋中。维克托和兄长们，除了每天极少时间必得用功读书之外，便可自由在园子里嬉游。他们在那里奔驰，跳跃，看书，讲故事。周围很静穆，什么喧闹都没有，只听见风在树间掠过的声音，小鸟啼唱的声音。仰首只是浮云，一片无垠的青天，虽然巴黎天色常多阴暗，可亦有晨曦的光芒，灿烂的晚霞夕照。一八一一年他们到西班牙去了，回来依旧住在这里。四年的光阴便在这乐园似的古修院中度过了，虽然四年不能算长久，对于诗人心灵的启发和感应也已可惊了。在雨果一生的作品里，随处可以见出此种痕迹。一八一五年十六岁时，他在《别了童年》（*Adieux à l'enfance*）一诗中已追念那弗伊朗坦斯（Feuillantines）的幸福的儿时。

四、学业

虽然雨果是那么的自由教养的，他的母亲对于他的学业始终很关心，很严厉。在出发到意大利之前，他们住在Rue de Clichy①，那时孩子每天到Mont Blanc②街上的一个小学校去消磨几小时。只有四五岁，他到学校去当然不是真正为了读书，而是和若干年纪同他相仿的孩子玩耍。雨果在老年时对于这时代的回忆，只是他每天在老师的女儿，罗思小姐的房里——有时竟在她的床上——消磨一个上午。有一次学校里演戏用一顶帷幕把课室分隔起来。罗思小姐扮女主角，而他因为年纪最小的缘故，扮演戏中的小孩。人家替他穿着一件羊皮短褂，手里拿着一把铁钳。他一些也不懂是怎么一回事，只觉得演剧时间冗长乏味，他把铁钳轻轻地插到罗思小姐两腿中间去，以至在剧中最悲怆的一段，台下的观众听见女主角和她的儿子说："你停止不停止，小坏蛋！"

到十二岁为止，他真正的老师是一个叫做特·拉·里维埃（Dela Riviére）的神甫。这是一个奇怪好玩的人物，因为大革命推翻了一切，他吓得把黑袍脱下了还不够，为证明他

① 法语，意为克利希街。

② 法语，意为勃朗峰。

从此不复传道起见，他并结了婚，和他一生所熟识的唯一的女子——他以前的女佣结了婚。夫妇之间却也十分和睦，帝政时代，他俩在St.Jacques[①]路设了一所小学校，学生大半是工人阶级的子弟，学校里一切都像旧式的私塾，什么事情都由夫妇合作。上课了，妻子进来，端着一杯咖啡牛奶放在丈夫的面前，从他手里接过他正在诵读的默书[②]底稿（dictée）代他接念下去，让丈夫安心用早餐。一八〇八至一八一一年间，维克托一直在这学校里；一八一二年春从西班牙回来后，却由里维埃到弗伊朗坦斯来教他兄弟两人。

思想虽是守旧，里氏的学问倒很有根基。他熟读路易十四时代的名著，诗也作得不错，很规矩，很叶韵[③]，自然很平凡。他懂得希腊文亦懂得拉丁文。维克托从那里窥见了异教的神话，懂得了鉴赏古罗马诗人。这于雨果将来灵智的形成，自有极大的帮助。

法国文学一向极少感受北方的影响，英德两国的文艺是法国作家不十分亲近的，拉丁思想才是他们汲取不尽的精神

---

① 法语，意为圣雅克。

② 意为凭记忆写出读过的书。

③ 叶（xié）韵，也作“谐句”“协韵”。诗韵术语，在诗中有些韵字如读本音，便与同诗其他韵脚不和，须临时改读某音，以协调声韵，故称。

宝库。雨果是拉丁文学最光辉的继承人，他幼年的诗稿，即有此种聪明的倾向。他崇拜维尔吉尔（Virgile），一八三七年时他在《内心的呼声》（*Les Voix Intérieures*）中写道："噢，维尔吉尔！噢，诗人！噢，我的神明般的老师！"他不但在古诗人那里学得运用十二缀音格（alexandrin），学习种种作诗的技巧，用声音表达情操的艺术，他尤其爱好诗中古老的传说。希腊寓言，罗马帝国时代伟大的气魄，苍茫浑朴的自然界描写；高山大海，丛林花木，晨曦夕照，星光日夜的吟咏；田园劳作，农事苦役的讴歌。一切动物，从狮虎到蜜蜂，一切植物，从大树到一花一草，无不经过这位古诗人的讽咏赞叹，而深深地印入近代文坛宗师童年的脑海里。

一八一四年九月，雨果兄弟进了寄宿舍，一切都改变了。这是一座监狱式的阴沉的房子，如那时代的一切中学校舍一样，维克托虽比欧仁小两岁，但弟兄俩同在一级。普通的功课在寄宿舍听讲，数学与哲学则到路易中学上课。一八一六年他写信给父亲，叙述他一天的工作状况，说："我们从早上八时起上课，直到下午五时，八时至十时半是数学课，课后是吉亚尔教授为少数学生补习，我亦被邀在内。下午一时至二时，有每星期三次的图书课；二时起，到路易中学上哲学，五时回到宿舍。六时至十时，我们或是听德科特先生的数学课，或是做当天的练习题。”

实际说来，六时至十时这四小时，未必是自修。维克托也很会玩，兄弟俩常和同学演戏，各有各的团体，各做各的领袖。但他毕竟很用功，四年终了，大会考中，获得了数学的第五名奖。

一八一七年他十五岁时，入选法兰西学士院的诗词竞赛，他应征的诗是三百五十句的十二缀音格，一共是三首，合一千零五十句。一个星期四的下午，寄宿舍的学生循例出外散步，维克托请求监护的先生特地绕道学士院，当别的同学在门外广场上游散时，他一直跑进学士院，缴了应征的诗卷。数星期后，长兄阿贝尔从外面回来感动地说：“你入选了！”学士院中的常任秘书雷努阿尔（Raynouard）并在大会中把他的诗朗诵了一段，说：“作者在诗中自言只有十五岁，如果他真是只有十五岁……”接着又恭维了一番。以后，雷努阿尔写信给维克托，说很愿认识他。学士院院长纳沙托（Neufchâteau）回忆起他十三岁时亦曾得到学士院的奖，当时服尔德[①]（Voltaire）曾赞美他，期许他做他的承继人，此刻他亦想做什么人的服尔德了；他答应接见维克托，

① 今译伏尔泰。

请他吃饭。于是，各报都谈论起这位少年诗人，雨果立地成名了。两年以后，他又获得外省学会的Jeux Floraux[①]奖。

五、罗曼斯

雨果的母族特雷比谢，在故乡有一家世交，姓福希（Foucher）。在雨果大佐结婚之前，福希先生已和雨果交往频繁，他们在巴黎军事参议会中原是同事。雨果婚后不久，福希也结了婚。在婚筵上，雨果大佐举杯祝道："愿你生一个女儿，我生一个儿子，将来我们结为亲家。"

维克托生后一年，福希果然生了一个女儿，取名阿代勒（Adèle）。一八〇九至一八一一年间，在雨果夫人住在弗伊朗坦斯的时候，两家来往颇密，福希夫人带着六岁的阿代勒来看他们。大人在室内谈话，小孩便在园中游戏。他们一同跳跃奔驰，荡秋千，有时也吵架，阿代勒在母亲前面哭诉，说维克托把她推跌了，或是抢了她的玩具。可是未来的热情，已在这儿童争吵中渐渐萌芽。

一八一二年雨果一家往西班牙去了一次回来，仍住在弗

① 法语，意为花艺游戏。

伊朗坦斯。福希夫人挈着阿代勒继续来看他们，但此时的维克托已经不同了，罢伊翁的女郎，在讲述美好的故事给他听的时候，已经使他模模糊糊的懂得鉴赏女性的美，感受女性魅力。他不复和阿代勒打架了。两人之间开始蕴藉着温存的友谊和雏形的爱恋。当雨果晚年回忆起这段初恋的情形时曾经说过：

我们的母亲教我们一起去奔跑嬉戏；我们便到园里散步……

“坐在这里吧。”她和我说。天还很早，“我们来念点什么吧。你有书么？”

我袋里正藏着一本游记，随便翻出一面，我们一起朗诵；我靠近着她，她的肩头倚着我的肩头……

慢慢地，我们的头挨近了，我们的头发飘在一处，我们互相听到呼吸的声音，突然，我们的口唇接合了……

当我们想继续念书时，天上已闪耀着星光。

“喔！妈妈妈妈，”她进去时说，“你知道我们跑得多起劲！”

我，一声不响。

“你一句话也不说，”母亲和我说，“你好像很悲哀。”

“可是我的心在天堂中呢！”

寄宿舍的四年岁月把他们两小无猜的幸福打断了，然而他们并未相忘。雨果的学业终了时，正住在Petits-Augustins[①]街十八号，福希先生一家住在cherche-Midi[②]街，两家距离不远。每天晚上，雨果夫人领了两个儿子，携了针凿袋去看她的老友福希夫人。孩子在前，母亲在后，他们进到福希的卧室，房间很大，兼作客厅之用。福希先生坐在一角，在看书或读报，福希夫人和女儿阿代勒在旁边织绒线。一双大安乐椅摆在壁炉架前，等待着每晚必到的来客。全屋子只点着一支蜡烛，在幽暗的光线下，雨果夫人静静地做着活计。福希先生办完了一天的公事，懒得开口，他的夫人生性很沉默，主客之间，除了进门时的日安，出门时的晚安以外，难得交换别的谈话。在这枯索乏味，冗长单调的黄昏，维克托却不觉得厌倦，他幽幽地坐在椅子上尽量看着阿代勒。

① 法语，意为小奥古斯丁。

② 法语，意为谢尔什·米迪。

有一次——那是一八一九年四月二十六日，阿代勒大胆地要求维克托说出他心中的秘密，答应他亦把她的秘密告诉他。结果是两人的隐秘完全相同，读者也明白他们是相爱了。但他只有十七岁，她十六岁，要谈到结婚自然太早。他们必得隐瞒着，知道他们的父母一旦发觉了，会把他们分开。从此他们格外留神，偷偷地望几眼，交换一二句心腹话。阿代勒很忠厚，也很信宗教，觉得欺瞒父母是一件罪过，一方面又恐扮演这种喜剧会使维克托瞧她不起。一年之中，维克托只请求十二次亲吻，把一首赠诗作交换品，她在答应的十二次中只给了他四次，心中还怀着内疚。

虽然雨果夫人那么精细，毕竟被儿子骗过了；阿代勒没有维克托巧妙，终于使她的母亲起了疑窦。一经盘诘，什么都招供了。

一八二〇年四月二十六日，恰巧是他们倾诉秘密后的周年纪念日，福希夫妇同到雨果家里来和雨果夫人讲明了。如一切母亲一样突然发现自己的孩子成了人，未免觉得骇异。雨果夫人更是抱有很大的野心，确信维克托的前程定是光荣灿烂的，满望[1]要替他找一个优秀的妻子，配得上这头角峥嵘

① 意为十分希望。

的儿子的媳妇。阿代勒，这平凡的女孩，公务员的女儿，维克托爱她，热情地爱她！不，不，这是不可能的。这是要不得的。虽然她和福希夫妇是多年老友，她亦不能隐蔽这种情操。他们决裂了，大家同意从此不复相见，把维克托叫来当场宣布了。他，当着客人前面表示很顺从，一切都忍耐着，但一待他和母亲一起时，他哭了。他爱母亲，不愿拂逆她的意志，可亦爱他的阿代勒，永远不愿分离：他不知如何是好，尽自流泪。

隔离了一年，他担心阿代勒的命运，他不知道福希夫妇曾想强把她出嫁，但他猜到会有这样的事。偶巧福希先生发表了一篇关于征兵问题的文字，机会来了，年轻的雨果运用手段，在他自办的*Le Conservateur Littéraire*①杂志上面写了一篇评论，着实恭维了一番。他没有忘记福希曾订阅他的刊物，他发表了多少的情诗和剧本，表白他矢志不再爱别的女子，自然，这是预备给阿代勒通消息，保证他的忠诚的。他又探听得阿代勒一星期数次到某处去学绘画，他候在路上，有机会遇到时便偷偷交谈几句，递一封信。

一八二一年六月，雨果夫人突然病故。在维克托与阿代

① 法语，意为文学策展人。

勒中间，她是唯一的障碍，她坚持反对这件婚事。现在她死了，障碍去了，可是维克托依旧哀毁逾恒[①]：母亲是他一生最敬爱的人，最可靠的保护者。葬礼完了，欧仁发疯似的出门去了，父亲住在布卢瓦，一时不来理睬他们。他们是孤儿。其间，虽然福希先生曾来看过他们，唁慰他们，但为了尊重死者生前的意志之故，他并未和维克托提起阿代勒。

同年七月，终竟和福希夫妇见了面，正式谈判他的婚事。福希先生答应他可以看阿代勒，但必须当了母亲的面。他们的订婚，也只能在维克托力能自给时方为正式成立。

这是第一步胜利，他从此埋头工作，加倍热心，加倍勤奋。这是他的英雄式的奋斗时期。他经济来源既很枯竭，卖得的稿费又用作购办订婚的信物，他只有尽力节省。他自己煮饭，一块羊肉得吃三天：第一天吃瘦的部分，第二天吃肥的部分，第三天啃骨头。

一八二二年六月，他的《颂歌集》（*Odes*）出版了，路易十八答应赐他一千二百法郎的年俸，在当时，这个数目，刚好维持一夫一妻的生活，福希先生因此还要留难。加以部里领俸手续又很麻烦，不知怎样，数目又减到一千法郎。九

① 意为极度悲伤。哀毁是因悲哀而伤毁自己的身体，逾恒是超过了永远。

月杪[①]，福希夫人又生了第二个女儿，还要等待……小女儿的洗礼举行过了，雨果与阿代勒，经过了多年的相恋，多少的磨难周折，终于同年十月十二日在巴黎St.Sulpice[②]教堂中结合了。拉马丁和当时知名的青年作家都在场参与。

雨果的罗曼斯实现为完满的婚姻以后，我们可以展望到诗人未来的荣光，将随*Cromwell*[③]剧的序言，*Hemani*[④]的诞生而逐渐肯定，但他少年时代的历史既已告一段落，本文便以下列的参考书目作为结束。

〔研究雨果少年时代的主要参考书目〕

一　*Victor Hugo raconté par un témoin de sa vie.*

二　*Oeuvres de Victor Hugo*（*édition Gustave Simon*）.

三　*L'Enfance de V.Hugo*，*par G.Simon.*

四　*Le Général Hugo*，*par G.Simon.*

五　*V.Hugo et son pére le Général Hugo à Blois*，*V.Hugo à la pension De Cotte et Cordier*，*par P.Dufay.*

---

① 意为九月底，九月末。杪，末端，末梢。

② 法语，意为圣叙尔皮斯。

③ 《克伦威尔》。

④ 《赫马尼》。

六　*V.Hugo à Vingt ans*，*par P.Dufay.*

七　*Bio-bibliographie de V.Hugo*，*par l'Abbé P.Dubois.*

八　*La Jeunesse de Victor Hugo*，*par A.Le Breton.*

一九三五年九月七日于上海

关于乔治·萧伯讷的戏剧[①]

乔治·萧伯讷（George Bernard Shaw）于一八五六年生于爱尔兰京城都柏林。他的写作生涯开始于一八七九年。自一八八〇年至一八八六年间，萧氏参加称为费边社（Fabian Society）的社会主义运动，并写他的《未成年四部曲》。一八九一年，他的批评论文《易卜生主义的精义》（*The Quintessence of Ibsenism*）出版。一八九八年，又印行他的音乐论文*The Perfect Wagnerite*[②]。一八八五年开始，他就写剧本，但他的剧本的第一次上演，这是一八九三年间的事。从此以后，他在世界舞台上的成功，已为大家所知道了。在他数量惊人的喜剧中，最著名的《华伦夫人之职业》

---

① 原载《时事新报·欢迎萧伯讷氏来华纪念专号》，一九三二年二月十七日。原题为《乔治·萧伯讷评传》，后经修改，改用此题目，又刊于《艺术旬刊》第二卷第二期，一九三三年二月。萧伯讷（一八五六～一九五〇），爱尔兰剧作家，今译“萧伯纳”。

② 英语，《完美的瓦格纳崇拜者》。

（一八九三）、《英雄与军人》（一八九四）、*Candida*[①]（一八九七）、*Caesar and Cleopatra*[②]（一九〇〇）、*John Bull's Other Island*（一九〇三）、《人与超人》（一九〇三）、《结婚去》（*Getting Married*，一九〇八）、《*The Blanco Posnet*[③]的暴露》（*The Shewing Up of Blanco Posnet*，一九〇九）、*Back to Methuselah*[④]（一九二〇）、《圣耶纳》（一九二三）。一九二六年，萧伯纳获得诺贝尔文学奖奖金。

本世纪初叶的英国文坛，有一个很显著的特点，就是大作家们并不努力于美的修积，而是以实际行动为文人的最高的终极。这自然不能够说英国文学的传统从此中断了或转换了方向，桂冠诗人的荣衔一直有人承受着；自丁尼生以降，有阿尔弗莱特·奥斯丁和罗伯特·布里吉斯等。但在这传统以外，新时代的作家如吉卜林（Kipling）、切斯特顿（Chesterton）、韦尔斯（Wells）、萧伯纳等，各向民众宣传他们的社会思想、宗教信仰……

① 英语，《康蒂妲》。

② 英语，《凯撒和克莉奥佩特拉》。

③ 英语，布兰科·波斯内特。

④ 英语，《回到玛士撒拉》。

这个世纪是英国产生预言家的世纪。萧伯讷便是这等预言家中最大的一个。

在思想上，萧并非是一个孤独的倡导者，他是塞缪尔·巴特勒（Samuel Butler，一八三五—一九〇二）的信徒，他继续巴氏的工作，对维多利亚女王时代的文物法统重新加以估价。萧的毫无矜惜的讽刺便是他唯一的武器。青年时代的热情又使他发现了马克思与亨利·乔治（按，乔治名著《进步与贫穷》出版于一八七七年）。他参加当时费边社的社会主义运动。一八八四年，他并起草该会的宣言。一八八三年写成他的名著之一《一个不合社会的社会主义者》（*An Unsociab le Socialist*）。同时，他加入费边运动的笔战，攻击无政府党。他和诗人兼戏剧家戈斯（Edmond Gosse）等联台，极力介绍易卜生，他的《易卜生主义的精义》即在一八九一年问世。由此观之，萧伯讷在他初期的著作生涯中，即明白表现他所受前人的影响而急于要发展他个人的反动。因为萧生来是一个勇敢的战士，所以第一和易卜生表同情，其后又亲切介绍瓦格纳（他的关于瓦格纳的著作于一八九八年出版）。他把瓦氏的*Le Crépuscule des Dieux*①

① 法语，《诸神的黄昏》。

比诸十九世纪德国大音乐家梅耶贝尔（Meyerbeer）的最大的歌剧。他对于莎士比亚的研究尤具独到之见：他把属于法国通俗喜剧的*Comme il Vous Plaira*[①]（莎氏原著名*As You Like It*[②]）和纯粹莎士比亚风格的Measure for Measure[③]加以区别。但萧在讲起德国民间传说尼伯龙根（Nibelungen）的时候，已经用簇新[④]的眼光去批评，而称之为“混乱的工业资本主义的诗的境界”了。这自然是准确的，从某种观点上来说，他不免把这真理推之极度，以至成为千篇一律的套语。

萧伯讷自始即练成一种心灵上的试金石，随处应用它去测验各种学说和制度。萧自命为现实主义者，但把组成现实的错综性的无重量物（如电、光、热等）摒弃于现实之外。萧宣传社会主义，但他并没有获得信徒，因为他的英雄是一个半易卜生半尼采的超人，是他的思想的产物。这实在是萧的很奇特的两副面目：社会主义者和个人主义者。在近代作家中，恐怕没有一个比萧更关心公众幸福的了，可是他所关心的，只用一种抽象的热情，这是为萧自己所否认，但的确

---

① 法语，《如你所愿》。

② 英语，《如你所愿》。

③ 英语，《以牙还牙》。

④ 意为极新、崭新。

是事实。

很早，萧伯讷放弃了小说。但他把小说的内容上和体裁上的自由赋予戏剧。他开始编剧的时候，美国舞台上正风靡着阿瑟·波内罗（Arthur Pinero）、阿瑟·琼斯（Anthur Jones）辈的轻佻的喜剧。由此，他懂得戏剧将如何可以用作他直接针砭社会的武器。他要触及一般的民众，极力加以抨击。他把舞台变作法庭，变作讲坛，把戏剧用作教育的工具。最初，他的作品很被一般人所辩论，但他的幽默的风格毕竟征服了大众。在表面上，萧是胜利了；实际上，萧不免时常被自己的作品所欺骗：观众接受了他作品中幽默的部分而疏忽了他的教训。萧知道这情形，所以他怒斥英国民众为无可救药的愚昧。

然而，萧氏剧本的不被一般人了解，也不能单由观众方面负责。萧氏的不少思想剧所给予观众的，往往是思想的幽灵，是历史的记载，虽然把年月改变了，却并不能有何特殊动人之处。至于描写现代神秘的部分，却更使人回忆起小仲马而非易卜生。

萧氏最通常的一种方法，是对于普通认可的价值的重提。这好像是对于旧事物的新估价，但实际上又常是对于选定的某个局部的坚持，使其余部分，在比较上成为无意义。

在这无聊的反照中便产生了滑稽可笑。这方法的成功与否，全视萧伯讷所取的问题是一个有关生机的问题或只是一个迅暂[①]的现象而定。例如《人与超人》把唐·璜（*Don Juan*）表现成一个被女子所牺牲的人，但这种传说的改变并无多大益处。可是像在《凯撒与克莉奥佩特拉》（*Caesar and Cleopatra*）、《康蒂妲》（*Candida*）二剧，人的气氛浓厚得多。萧的善良观念把“力强”与“怯弱”的争执表现得多么悲壮，而其结论又是多么有力。

萧伯讷，据若干批评家的意见，并且是一个乐观的清教徒，他不信metaphysique[②]的乐园，故他发愿要在地球上实现这乐园。萧氏宣传理性、逻辑，攻击一切阻止人类向上的制度和组织。他对于军队、政治、婚姻、慈善事业，甚至医药，都尽情地嬉笑怒骂，萧氏整部作品建筑在进化观念上。

然而，萧伯讷并不是创造者，他曾宣言：“如果我是一个什么人物，那么我是一个解释者。”是的，他是一个解释者，他甚至觉得戏剧本身不够解释他的思想而需要附加与剧本等量的长序。

离开了文学，离开了戏剧，离开了一切技巧和枝节，那

---

① 意为短暂、暂时。

② 英语，意为形而上学。

么，萧伯讷在本世纪思想上的影响之重大，已经成为不可动摇的史迹了。

这篇短文原谈不到“评”与“传”，只是乘他东来的机会，在追悼最近逝世的高尔斯华绥之余，对于这个现代剧坛的巨星表示相当的敬意而已。

在此破落危亡、大家感到世纪末的年头，这个讽刺之王的来华，当更能引起我们的感慨吧！

一九三二年二月九日

《爱的教育》①

我想动笔做这篇文字的时候，还在好几天前；只是一天到晚的无事忙和懒惰忙，给我耽搁下来。而今天申报艺术界的书报介绍栏里已发现了四个大字《爱的教育》。刚才读到十三期《北新》也发见了同样的题目——《爱的教育》。论理人家已经介绍过了，很详细的介绍过了，似乎不用我再来凑热闹了。不过我要说的话，和《申报》元清君说的稍有些不同，而《北新》上的也只是报告一个消息，还没有见过整篇的文字谈到它的。而且在又一方面，《北新》是郑重的，诚恳的，几次的声明：欢迎读者的关于书报的意见，当然肯牺牲有些篇幅的！

我读到这篇文字的时候，校里正在举行一察学生平日勤惰的季考，但是我辈烂污朋友，反因不上课的缘故，可以

① 原载《北新》第十六期，一九二六年十二月四日。原题为《介绍一本使你下泪的书》，现标题为编者所改。

不查生字（英文的），倒觉得十分清闲。我就费了两天的光阴，流了几次眼泪，读完了它。说到流泪，我并不说谎，并不是故意说这种话来骇人听闻；只看译者的序言就知道了，不过夏先生的流泪，是完全因为他当了许多年教师的缘故；而我的眼泪，实在是因为我是才跑到成人（我还未满二十）的区域里的缘故！

真是！黄金似的童年，快乐无忧的童年，梦也似的过去了！永不回来的了！眼前满是陌生的人们，终朝①板起“大人”的面孔来吓人骗人。以孤苦伶仃的我，才上了生命的路，真像一只柔顺的小羊，离开了母亲，被牵上市去一样。回头看看自己的同伴，自己的姐妹，还是在草地上快活的吃草，那种景况，怎能不使善感的我，怅惘，凄怆，以至于泪下而不自觉呢！

还有，他叙述到许多儿童爱父母的故事，使我回忆起自己当年，曾做了多少使母亲难堪的事，现在想来，真是万死莫赎。那种忏悔的痛苦，我已深深的尝过了！

我们在校，对于学校功课，总不肯用功。遇到考试，总可敷衍及格，而且有时还可不止及格呢。就是不及格，也老

① 意为整天。

是替自己解释：考试本是骗人的！但是我读了他们种种勤奋的态度，我真是对不起母亲！对不起自己！只是自欺欺人的混过日子。

又读到他们友爱的深切诚挚，使我联想到现在的我们，天天以虚伪的面孔来相周旋，以嫉妒愤恨的心理互相欺凌。我们还都在童年与成年的交界上，而成年人的罪恶已全都染遍；口上天天提倡世界和平，学校里还不能和平呢！

“每月例话”是包含了许多爱国忠勇……的故事，又给了我辈天天胡闹，偷安苟全，醉生梦死的人们一服清凉剂！我读了《少年鼓手》，《少年侦探》，我正像半夜里给大炮惊醒了，马上跳下床来一样。我今天才认识我现在所处的地位！至于还有其他的许多故事，读者自会领略，不用多说。

末了，我希望凡是童心未退，而想暂时的回到童年的乐园里去流连一下的人们，快读此书！我想他们读了一定也会像我一样的伤心，——或许更厉害些！——不过他们虽然伤心，一定仍旧会爱它，感谢它的。玫瑰花本是有刺的啊！

我更希望读过此书的人们，要努力的把它来介绍给一般的儿童！这本书原是著名的儿童读物。而且，我想他们读了，也可以叫他们知道童年的如何可贵，而好好的珍惜他们的童年，将来不至像我们一样！从别一方面说：他们读了这本书，至少他们的脾气要好上十倍！他一定会——至少要大大的减少，——再使他母亲不快活，他更要和气的待同学……总而言之，要比上三年公民课所得的效果好得多多！

我这篇东西完全像一篇自己的杂记，只是一些杂乱的感想，固然谈不到批评，也配不上说介绍；只希望能引起一般人的注意罢了！

我谨候读过此书的读者，能够给我一个同情的应声！

一九二六年十一月十九日 大同大学